亦
舒
作
品

红尘

亦舒

作品
48

湖南文艺出版社

红尘

目录

红尘

壹·

『这些人，易碎之物没小心爱惜，

待破损了又拿来修补，

哼，想骗谁呢！』

周如心有一份非常特别的职业，她的工作是修补瓷器。

当然不是普通缸瓦，一般碗碟跌崩口，或是落地开了花，多数扔掉算数。

周如心修补的是有市场价值的古董瓷器。

年轻的她在初中时期就随一位长辈学得这门手艺，老人家是她的姑奶奶，即是如心祖父的妹妹。

那位周金香女士很喜欢如心恬静沉默的性格，资助她读书，听她讲心事，并且把这门手艺陆续传授给她。

到如心正式为她工作时，她肯定已经年过六十，但不知怎的，保养奇佳，看上去只似五十多的人，嘴角看起来更年轻。

她拿着客人送来的瓷器说:"其实,所有东西破碎了都无法弥补。"

如心完全赞同。

姑婆加一句:"尤其是感情。"语气非常怅惘。

她独身,是名副其实的老小姐。

陈年是否为一段不可弥补的感情伤过心,已不可考,亦无人敢问,也许肯定有吧,如没有深爱过,怎么会有那么怅惘的神情。

她继而轻轻地说:"这些人,易碎之物没小心爱惜,待破损了又拿来修补,哼,想骗谁呢!"

如心不假思索地说:"骗自己。"

姑婆哧一声笑出来:"讲得好。"

店开在都会旧区的古老大屋里,渐渐颇有点声誉,口碑佳,找上来的客人多数由熟人介绍,并没有太名贵的瓷器,不难应付。市面那么繁荣,收费略高也不为过,两婆孙的生活相当舒泰。

如心有次对着镜子问："我是蓝领、白领，或者什么都不是？"

如心在外国大学报了名，读函授课程。选什么科目？当然是东方文物。

因为工作性质清高，无须参与人事纷争，周如心气质有异一般年轻女子。

她脸上有一股秀丽的书卷气，举止飘逸潇洒，已有不少男士问过："那白皙皮肤又爱穿白裙的女孩是谁？"

如心的特色是全身不戴任何装饰品，头发上一只夹钗也没有，全身不见耳环、项链、戒指，因不必赶时间，也不戴手表，看上去非常清爽自然。

事情发生在一个夏日黄昏。

姑婆照例在最热的两个月到欧洲度假，只剩如心一人守着店堂。

为免麻烦，她迟一小时启铺，早一小时关门。

那日黄昏，因为空调出了点毛病，找了人来修理，技工迟到，又检查得仔细，故此打烊时已接近六点。

她正拉上闸门，背后有一个人焦急地说："慢着，小姐，你可是缘缘斋负责人？"

如心无论什么时候都气定神闲，闻言微笑转过头去，只见叫住她的是一位年约五十岁的男士，头发斑白，身形维持得相当好，但神情颇为沧桑，这个时候，他甚至有点激动。

如心轻轻问："有何贵干？"

那位男士没料到转过头来的会是一位大眼睛女郎，那漆黑的双瞳叫他想起了一个人，他愣住了。

倒是如心提醒他："你找我们？"

那人才答："是，是。"

"我们已经打烊，明天早上——"

"不，小姐，我有急事，请破例一次。"

他掏出手帕抹去额角上的汗。

如心想，如此凑巧，可见有缘，且看看他有何事。

她重新开启闸门："请进。"

那人松口气。

如心招呼他入店堂，用一只宣统宜兴茶壶泡了龙井茶。

茶壶上有"延年"二字，那人注意到，忽然苦涩地笑。

他把手中拿着的一个盒子放到桌子上。

接着递一张名片给如心。

如心低头看到"黎子中"三个字，名片上没印有任何头衔。

如心微笑："黎先生，请先喝杯茶。"

黎氏像是自如心的笑靥里得到颇大的安慰，拆开盒子。"我有一件瓷器需要修补。"

如心莞尔，那自然，不然何必赶来缘缘斋。

黎氏声音又沮丧起来："我赶着要，希望在一天之内完工。"

如心说："先看 看是什么情况。"

黎氏叹口气，打开盒子。

如心看到的只是一堆大小碎片。

她抬起头来，看着黎氏。

黎氏明白她的意思："我知道，我知道。"

如心轻轻说："烂成这样，如何再补？"

"不，请你帮帮忙。"

"这并非无意失手，此乃蓄意破坏，由此可知，物主已无怜物之心，不如另外找一件完美的。"

黎氏无言。

如心拾起碎片看了一看。"这本是只冰裂纹仿哥窑瓶，约于光绪晚期制成，由于谐音碎与岁，瓶与平，暗藏岁岁平安吉语，故受收藏者欢迎，不算名贵，它随时可以找得到。"

如心已经站了起来。

她打算送客。

那黎氏抬起头，一脸恳切。刹那间他的面孔奇幻地变得非常年轻，神情像一个少年为恋慕意中人而充满纠缠之意。

如心讶异。

但随即他又恢复本来姿态，低下头，无限怅惘。

不过如心已经感动了。

为什么店名叫缘缘斋？总有个道理吧。

她轻轻说："黎先生，我且看看我能做什么。"

那黎子中闻言吁出长长一口气："谢谢你，谢谢你。"

如心说："不过，即使把碎片勉强拼回原来形状，你必须知道，瓶子也不是从前那只瓶子。"

"是，我完全明白。"

"有人应该对这样的蓄意破坏负责。"

"那人是我。"

如心又得到一次意外。

"摔破瓶子的是我。"

如心知道她不方便再问下去。

"你星期三上午来取吧。"

"那是两天时间。"

"黎先生，修补过程很复杂。"

"是，我明白。"

他站起来，身形忽然佝偻，变得十分苍老。

走到门口，又转过身来。"小姐，你是专家，请问你又如何保护易碎之物？"

如心闻言一笑："你真想知道？"

"愿闻其详。"

如心坦率地说："我家不置任何瓷器，没有易碎之物，也就不用担心它们会打碎。"

黎氏听了如心的话，浑身一震，然后离去。

如心注意到门外有等他的车子，司机服侍他上车。

她先锁上店门，然后看着那一盒子碎片发愣。

不是补不回来，而是补回来也没有用。

不过那位黎先生硬是要付出高昂代价来修补不可修补的东西，就随他的意吧。

那一晚，如心在店里逗留到深夜才走。

缘缘斋有一种秘方胶浆，处理瓷器，万无一失，这次可派上大用场。

把瓷瓶大致拼好，如心轻轻说："破碎的心不知可否如此修补。"

那夜她看了看天空，又说："女娲氏不知如何补青天。"

她叹了口气，回家休息。

如心与姑婆同住，日子久了，与父母的感情反而比较疏离，尤其不能忍受两个妹妹爱热闹的脾性。

如心几个月才回一次父母的家，姑婆的家才是她真正的家。

如心所言非虚，家中真无易碎之物，极少摆设，简洁朴素。

第二天清早她就回店工作。

拼好碎片，做打磨功夫，再补上瓷釉，做好冰纹，外行人离远看去，也许会认为同原瓶差不多。

可是明眼人却觉得瓶子毫无生气，宛如尸首。

如心对自己功力尚未臻起死回生境界甚觉遗憾。

若由姑婆来做，当胜三分。

可是姑婆去年已告退休。"眼睛不济事，凝视久了双目流泪不止，眼睛还是用来多看看这花花世界。"

风干，打蜡，都是细磨功夫。

黎子中先生在约定日子一早来提货。

他看到的如心穿着件米色真丝宽袍，笑容可掬，冰肌无汗。他对她有强烈好感。

如心把瓶子抱出来，他忽然泪盈于睫。"谢谢你的巧手，周小姐，它与原先一样了。"

如心不忍扫他的兴，与原先一样？怎么可能？

他问人工价。

如心说了约值瓷瓶三分之一的价钱。

那位黎先生掏出一张预先写好的支票。

如心一看银码，诧异地笑："够买一对全新的了。"

黎子中也笑，一言不发离去，仍是那辆车，那个司机。

如心站在店门口送客。

真是个怪人。

打烂了瓶子，却把碎片小心翼翼收着，日后，央人修补，又自欺说同从前一样。

如心耸耸肩转回店里，缘缘斋照常营业。

那一个夏季，生意颇为清淡，如心坐在店堂里悄悄看《诗经》。一篇卫风叫《木瓜》，多么奇怪的诗名。"投我以木瓜，报之以琼琚。匪报也，永以为好也！"

再过一个月，姑婆就回来了。

她说："噢唷，这里天气还是那么热。"

可不是，八月快结束了，气温还高得只能穿单衣。

她看到柜面放着一只百花粉彩大瓶。

"谁拿来的？"

"廖太太，说是亲家公生日，叫我们把瓶口缺的地方补一补送过去做礼物。"

"嗯，这瓶花团锦簇，富丽悦目，寓意百花吉祥。"

"廖太太还说，攀亲家最好门当户对，否则人出鸡你出酱油就要了老命。"

姑婆听完这话直笑。

如心也笑。

"当初廖小姐嫁入豪门她好似挺高兴。"

如心说："天真嘛，总以为世上有什么可以不劳而获。"

周金香女士看着侄孙。"你呢，你有无侥幸想法？"

"绝对没有。"

"那好，"姑婆颔首，"那你就不会失望。"

不过周如心有时会觉得寂寞。

整个秋天，每日上午她都在后堂练画流云、八蝙等图案，以便修补花纹时得心应手。在瓷器上鸳鸯代表爱情，蝙蝠代表神祇，蕉果与童子是招子，鹰与猴是英雄有后，帆船是成功，竹是君子，八仙是长寿。还有，除了长寿、平安、多子，功名也是传统社会重视的一环，鸡与鸡冠花便隐喻官上加官。

如心通通画得滚瓜烂熟。

凭这一门手艺，生活不成问题。

姑婆站在一旁看她练画，忽生感慨："也得太平盛世，人们才有心思收藏这些玩意儿。"

如心笑："那当然，排队轮米之际，谁还有空欣赏这些瓶瓶罐罐。"

"你太公说，清末民初转朝代时，无数宫廷古董流落民间。"

如心抬起头。"我还以为大半转手到欧美诸博物馆去了。"

"玩物，是会丧志的吧。"

"沉迷任何东西都不好。"

"对，保险箱里有一张黎子中署名的支票——"

"那是一位感恩的客人。"

"可见你手工是越发精湛了。"

如心谦逊道："哪里，哪里。"

混口饭吃是可以的。

初冬的早上，姑婆已在招呼客人。

老人家耐心解说："这尊文殊菩萨像由柳木雕成，小店不修理木器，我介绍你到别处去。"

如心一看，果然是代表大智的文殊，因为骑在狮子上——不同菩萨有不同的神兽。

那客人不得要领，只得捧着木像走了。

如心问："是真的十五世纪明朝产品？"

姑婆笑不可抑："你觉得它是真的，它便是真的，即使它是假的，它也不会害人。"

这时候，有一个穿西装的客人推门进来。"我找周如心小姐。"

如心诧异："我就是。"

"周小姐，"那人走近，掏出名片，"我是刘关张律师楼的王德光。"

"咦，王律师，什么事？"

"周小姐，你可认识一位黎子中先生？"

如心抬起了头。"他是一位顾客，他怎么了？"

"他于上星期一在伦敦因肝癌逝世。"

如心忍不住啊了一声，觉得难过。

如今想来，他的确有病容，与他有一面之缘的如心深深惋惜。

王律师取出文件。"周小姐，黎子中遗嘱上有你名字。"

这次连阅历丰富、见多识广的姑婆都在一旁啊了一声。

"黎子中先生把他名下的衣露申岛赠予你，你随时可以到我们办事处来接收。"

周如心站起来，无限惊愕。"什么，他把什么送给我？"

王律师笑:"一个私人岛屿,周小姐,它有一个非常特别的名字,叫衣露申,英语幻觉的意思。"

周如心跌坐在椅子上,半晌作不得声。

过一会儿她问:"王律师,这个岛在何处?"

王律师摊开带来的地图。"别担心,它并非在蛮荒之地,看,它位于加拿大温哥华以西温哥华大岛附近,乘渡轮十五分钟可达,转往温埠只需几个小时。"

"它叫衣露申?"

"是,周小姐。"

周如心瞠目结舌。"我要一个岛来干什么?"

"周小姐,该处是度假胜地。"

"露营?"

"不不不,周小姐,岛上设备完善,有一幢五间睡房的别墅,泳池、网球场,以及私人码头与游艇。啊对,还备有直升机及水上飞机降落处,有一男一女两位管家打理一切设施。"

如心看着姑婆,不知说什么才好。

王律师十分风趣："周小姐几时招呼我们去玩？"

气氛缓和。

如心问："黎先生还有没有其他嘱咐？"

王律师摇摇头。"我并非他遗嘱执行人，那位律师在伦敦，因这部分涉及本市的周小姐，他们才委托我来做。"

"谢谢你，王律师。"

"周小姐，请尽快来办理接收手续。"

周金香女士此时缓缓地说："往后，谁负担岛上一切开支？"

王律师欠欠身。"所有开销黎先生已嘱地产管理公司按期支付，无须担心。"

啊，想得十分周到。

"我告辞了。"

王律师走后，如心大惑不解："为何赠我以厚礼？"

姑婆代答："投我以木瓜，报之以琼琚。"

人生充满意外。

姑婆问："你会去那岛上看看吧？"

"或许等到春季吧。"

"它叫衣露申，幻觉的意思。"

"那位黎子中先生对生命好似没有什么寄望。"

"每个人的人生观不一样。"姑婆感叹，"可惜我没见过这位黎先生。"

如心在地图上找到衣露申的正确位置，原来它西边向着浩瀚的太平洋；又在地产专家处得到资料，原来这种无名小岛在温哥华时时有的出售，而且价格不算昂贵，约百万加元便有交易，岛主有命名权。

最消耗费用的地方是建屋铺路以及日后维修。

专家说："岛上没有挖土机，运过去实在麻烦，泳池要用人工挖出，十分昂贵。"

王律师催促了好几次，周如心终于去签名继承衣露申岛。

自该日起，周如心成为衣露申岛岛主。

王律师笑道："周小姐假使愿意移民，我可代办手续，做一点投资，很快可以办妥。"

如心只说要想一想。

贰.

天从来没有顺过人愿，

花好月圆不过是人类憧憬。

过年前，店里忽然忙起来。

可能是送礼的季节到了，又可能过年要讲究摆设，需要修补的古玩堆满店堂。

若不是通宵赶工，怕来不及交货。

姑婆说："推掉一两单嘛。"

"都由熟人介绍，不能叫他们觉得没面子。"

姑婆看着如心。"把这店给你呢，只怕消耗你的青春；不给你呢，又不晓得如何处置它。"

如心抬起头来，有不祥之感。"姑婆说什么？"

姑婆笑道："最近老是觉得累。"

如心道："那你不忙着上店里来，过了年再算账不行吗？"

"人手不够。"

"我们稍后请一个女孩子帮忙。"

"不，用一个男孩子好，可以帮我们担担抬抬。"

"就这么敲定了。"

除夕，客人来领走了所有的古董。黄昏，如心打算打烊。

姑婆忽然说："如心，你去看看对街的茶餐厅是否仍在营业，我想喝一杯香浓檀岛咖啡。"

如心立刻说："好，我马上去。"

其实店里备有咖啡，可是姑婆想喝对街的咖啡，又何妨跑一趟，如心就是这一点善解人意。

伙计笑："周姑娘，还未休息？"

"这就走了。"

店里还有很多吃年夜饭的客人。世上总有寂寞的人。

看样子今晚她要陪姑婆吃饭，八九点才回父母处去。

盘算着回缘缘斋，推开门，发觉姑婆坐在椅子上，手肘搁在桌子上，一手托着腮，垂着眼，正微笑。

　　如心说："昨日我吩咐用人做了几个清淡的菜，我拨电话去问一声进展如何。"

　　电话拨通，女佣以愉快的声调问几点钟开饭。

　　如心笑道："七点整吧。"

　　挂了线，她转过头来，发觉姑婆的姿势一点也没改变，仍然垂目微笑。

　　如心怔住。

　　"姑婆，"她轻轻走近，"姑婆？"

　　她的手搭在姑婆肩膀上，一刹那她浑身汗毛竖起来，双手颤抖。姑婆的身子无力地仰面倒在椅背上，仍然半合着眼，嘴角向上弯，似做了一个无名美梦，她已经离开这世界。

　　她跟着她的梦走了。

　　那一夜，如心到午夜才回家，用人仍在等她，菜搁在桌子上全凉了。

　　女佣问："小姐，你到什么地方去了？姑婆呢？"

　　如心疲倦地答："姑婆不回来了，姑婆今日傍晚已经去世，从此住到宁静无人打扰的地方。"

女佣呆若木鸡，手足无措。

"她已耄耋，无须伤心，去，去替我沏杯热茶。"

如心用冷水洗把脸，拨电话通知父母。

她语气很平静："……丝毫没有痛苦……不，没有遗言……我会打理一切……我不回来过年了……是，再联络。"

挂了线，她喝杯茶，进房，一头栽进床里，便睡着了。

如心没有做梦，但是耳畔一直萦绕着警察问话的声音以及救护车的号角声。

即使在睡眠中，她也知道姑婆已离她而去。

清晨她醒来，轻轻走进姑婆卧室。

房间相当宽大，漆乳白色，一张大床，一只五斗橱，另有一列壁柜，收拾得十分整洁。不同一般老人，姑婆很少杂物，而且房间空气流通，丝毫没有气味。

如心坐在床沿，一颗心像有铅坠着。

女佣也起来了，悄悄地站在门口。

如心抬起头。"你尽管做下去，一切照旧。"

"我为你做了早餐。"

"我不饿。"

"总要吃一点。"

她说得对,如心颔首。

如心轻轻拉开抽屉找姑婆遗言,可是老人并未留下片言只字。

片刻有人按铃。

是姑婆的律师殷女士赶来了。

如心连忙迎出去。"怎么好意思——"

"如心,我与她是老朋友,你别客套。"

她握着如心的手坐下。

"我会派人帮你。"

如心说:"不用,我——"

"你付他们薪水就是了。"

如心低下头。"也好。"

"你姑婆有遗嘱在我这里,一切由你继承,她的资财加在一起总数不多不少约数千万。"

"姑婆有什么遗愿?"

殷女士摇摇头。"像她那样豁达的人，到了一定年纪，对人对事，已无要求。"

如心颔首。"我希望我可以像她。"

殷女士说："待你结婚成家儿孙满堂时再说吧。"

如心低下头，面容憔悴。

"你回家去过年吧。"

如心摇摇头。"全无心情。"

"那么，办妥事之后，到外边走走。"

如心抬起头呼出口气："也许。"

殷女士喝了茶就走了。

稍后如心的父亲也来探访。

开口就问："老小姐的财产如何处理？"

如心照实答："全归我。"

"哟，如心，霎时间你成了富女！"

如心不搭嘴，她已失去世上最珍惜的人，还要物质何用。

父亲拍拍她肩膀。"你已陪了姑婆不少日子，这是你俩的缘分与福分，千里搭长棚，无不散之筵席，别太难过。"

如心低下头。"是。"

"继承了遗产，看怎么帮妹妹是正事，你大妹一直想到纽约学设计。"

"是。"

"我要走了，家里等我过年呢。"

如心肯定这是她一生中最难过的新年。

终于把一切熬过去的时候，已是初春时分。

亚热带气候春季便等于潮热，一件薄外套穿也不是脱也不是，令人烦恼。

如心决定出游。

目的地是衣露申岛。

她先乘飞机抵达温哥华国际机场。

在旅馆下榻，找到考斯比地产管理公司，负责人姓许，是名亚裔土生子，立刻到酒店来看她。

小许不谙中文，性格开朗，满面笑容。"周小姐，叫我米高得了，我可以马上安排你到岛上。"

如心有点忐忑。"你去过衣露申吗？"

"去过好几次，那处风景如画，宁静似乐园，你会喜欢的。"

"或许我应保留酒店房间。"

"随便你，周小姐，可是岛上设备一应俱全，电话、传真，什么都有。"

如心仍然踌躇。"且看看再说吧。"

"前任岛主黎子中拥有这座岛已有三十年历史了。"

如心问："他也自继承得来的吗？"

"不，他多年前买下此岛，听说打算度蜜月用。"

如心沉默一会儿，终于问："他最终有没有结婚？"

这一问连小许都唏嘘了："不，他独身终老，无子无女。"

虽然已在如心意料之中，也忍不住深深叹息。

天从来没有顺过人愿，花好月圆不过是人类憧憬。

"明天早上我们便可以出发。"

"行程如何？"

"我已通知管家派出游艇到市中心太平广场码头来接。"

如心咋舌。"是黎家的私人游艇？"

"不，"小许抬起头，"是周小姐你的游艇了。"

"我怎么负担得起呢？"如心焦急。

"正如我说，一切费用已缴，你请放心。"

如心忍不住低声嚷："一个陌生人，为何对我如此慷慨？"

小许有他的见解："也许不列颠哥伦比亚大学一时接受不了那么多捐款，黎子中只好将部分财产赠予你。"

"他怎么会这么有钱？"

小许搔头。"我也想弄个明白，我只知道，到了某一个程度，钱生钱，钱又生钱，富人身不由己变得更富，黎子中想必是其中之一。"

如心笑了。"很高兴认识你。"

"明天见。"

来接他们的游艇，名叫红。

如心莞尔。

黎先生思想矛盾，进退两难，既然深觉人生不过是幻觉，如何又犯了爱红的毛病。红色是多么世俗，何等浮夸，且一下子就褪了颜色，故有"每到红处便成灰"一语，可是他偏偏把游艇命名为红。

小许说："你有权更换一切名字。"

"不，现状很好。"

船约两个小时后抵达衣露申岛的私人码头。

如心一抬头，就爱上了这个地方。

正值春季，岛上花木种类繁多，古木参天，灌木丛中繁花似锦，一条红砖路沿山坡上去，走十五分钟即看到一幢别墅，形状简洁，两名管家正站在门前等候。

如心只见到累累的紫藤一串串自大门旁边的架子上悬垂下来，香气扑鼻，蜂鸟忙着吸食花蜜，沿窗种着白玫瑰，花苞把枝叶坠得低头。

这像是童话里的居所。

男管家自我介绍："周小姐，我叫费南达斯，这是我妻子马古丽，有需要请随便吩咐。"

如心连忙应道："你们好。"

费南达斯拿着行李进屋。

门内又是另外一个世界，客厅宽敞无比，地上铺着方砖，一直延伸到露台，自长窗看出去，是一望无际蔚蓝色的太平洋。

如心深深吸进一口气，立刻走近栏杆，世上竟有这样美丽的地方！

小许跟着进来，坐在雪白坐垫的藤榻上。

他说："我知道你会喜欢这里。"

如心转过头来，欢喜地回答："我可以在此住上一辈子。"

"来看看其他设施。"

别墅建在小山之顶，正门朝南，西边看海景，北边是泳池与网球场，东边走下三十多级石阶是直升机停泊处。

管家宿舍在岛的另一头，需要驾车前往，六七分钟可达。

小许说："唯一不便之处是没有邮差上门，当然，食物用品得自市区运来。"

"汽油呢？"

"啊，岛上有两部车，用电能发动，不会污染空气。"

如心听得发呆，过了一会儿才说："黎先生没有子女，真是可惜，做他的孩子会幸福的。"

小许只笑不语。

"咦，我说得不对吗？"

"我倒是情愿一个人赤手空拳打天下，自由自在嘛，一切有人妥善安排，生活像傀儡。"

讲得很有道理。

那边厢午餐已经准备好了。

费南达斯问："周小姐，请问喝什么酒？"

小许说："地下室有个酒窖，收藏丰富。"

如心坦率答："我不懂，香槟好了。"

午饭是一般西菜，倒还可口。

马古丽恭敬地说："周小姐，我会弄中国菜。"

"那，晚饭就吃中国菜，劳驾你。"

午后，小许把屋内外设施一一交代清楚，请如心签收。

然后，他要赶回市区。

如心送他到码头，站在海边的她衣裙飘飘，越发显得秀丽脱俗，做衣露申岛岛主，太合适了，连小许这样的愣小子看到倩影都喝了一声彩。

游艇远去，如心亦不觉得寂寞，她返回屋内，去参观二楼卧室。

这间屋子的特色是宽敞，一间主卧室面积过千平方米，一进去先是起居屋与书房，再打开一道门，才是睡房。

不知怎的，间隔陈设均是如心心中所喜。

她真希望可以亲口告诉黎子中，她是多么喜欢这件大礼。

书桌上放着各式文具用品，中央整整齐齐一沓中文原稿纸以及一支笔。

谁，谁打算写稿？

是黎子中吗？

卧室正对着一列长窗，窗外仍是那壮丽的海景。

如心不得不承认，有钱真正好。

她走近床边，看到一样东西，愣住。

茶几上放着的，正是那一只冰裂纹仿哥窑瓶。

如心走近看，不错，由她修补之后，又厚又拙，根本与原来的瓶子不一样。

可是它的主人却依旧珍若拱璧供奉在房中。

马古丽轻轻进来，放下一大堆书报杂志。

如心抬起头问："看得到电视吗？"

"啊，岛上有接收雷达，全世界节目都收得到。"

真是世外桃源，又不与外界脱节。

如心又去看客房。

雪白的浴室、床单、毛巾，如心决定暂时住在客房内。

马古丽沏了一壶茶进来。

如心有点累，躺在床上休息。

客房的窗朝北，那是泳池所在地。

蒙眬间如心听见有人叫她的名字。

她睁开眼睛跳下床，推开窗，只见泳池边坐着好几十个客人，红男绿女都有。

其中一人站在窗下叫："周如心，下来玩呀，别贪睡。"

如心问："你是谁？"阳光对着眼睛，看不清楚。

那人既好气又好笑。"连我都不认得了。"

如心想看仔细一点。

那人笑道："住我屋内，不知道我是谁？"

如心一惊脱口问："你是黎先生？"

"叫我子中得了。"

如心连忙出房，奔下楼梯，去与他会合。

怎么可能，黎子中怎么会那么年轻？

泳池边的客人看到如心齐齐鼓掌。"欢迎欢迎，如心来了，如心来了。"

如心意外而腼腆地笑，抬起头来，发觉客人们穿着的服饰都是二十世纪五十年代式样，女士都穿大蓬裙或是七分裤，男士们穿大花阔衬衫。如心微笑，这是一个化装舞会吗？

只听得客人们说："好了，如心一来，我们不愁寂寞了。"

如心的眼睛仍对着阳光，想看清诸人的面孔而不得要领，正在这时候，有人高声叫周小姐。

"谁？"

"有人找如心，我们且避一避。"

如心急了。"喂，大家等一等。"

就在这个时候，她睁开双眼，发觉自己躺在床上，红日炎炎，适才情景，不过是南柯一梦。有人正在敲她的房门，叫她周小姐。

如心定一定神，过去开门。

"周小姐，令尊找你。"

如心连忙去听父亲电话。

父亲抱怨几经转折，才自王律师处找到这个电话号码。"我们担心你，以后每隔三五天总得通个消息。对了，你妹妹也想到北美洲来走一走，暑假接她过来如何？"

如心一时没有作答，她仿佛仍置身那奇异梦境之中，没回过神来。

"如心，大妹小妹的事——"

"没问题，你替她们安排好了。"

"喂，也终归得由你出钱出力呀。"父亲倒是十分坦率。

如心笑起来。"你找殷律师，她自有交代。"

父亲满意地挂断电话。

躲在世外桃源也打听得到她。

如心带了计时器，骑上脚踏车，准备环岛旅行。

马古丽走出来说："周小姐，要不要我陪你。"

"不用，在岛上又不会迷路。"

"周小姐，带件雨衣，也许会下雨。"

"阳光普照，哪里有雨？"

"岛上天气变幻无穷。"

马古丽一番善意，如心不忍推辞，接过了雨衣，出发朝北边骑去。

一路上花果树种满道旁，樱花瓣纷纷随风滑落，如心满身都是落花。

她看到了管家的宿舍及一个莲花池。

如心连忙下车。

莲花池上还有一座小桥，如心陶醉地站在桥中央，她可以看到池水中她自己的倒影。忽然水中激起涟漪，原来是小小青蛙跳跃。

如心冲口而出："这真是天堂乐园。"

就在这个时候，天色忽然变了，乌云骤然聚合，天色蓦然昏暗，霎时间豆大雨滴落下来，继而转急，啪嗒啪嗒打在身上还有点痛。

如心连忙把雨衣披上，看看四周，只见池塘左边有一间小小木屋，她急急过去避雨。

她欲推开木屋门，可是那扇门是锁上的，自窗户看进去，只见小屋内收拾得很干净，放着修葺园子的剪草机等杂物，显然是间工具贮藏室。

"周小姐。"

如心吓一跳，转过头来，发觉身后是费南达斯。

"周小姐，怕是要打雷，我来接你回去。"

如心点点头，春季会有雷雨，就凭这春雷，万物苏醒生长。

闪电已经来了，雷光霍霍，四周亮起来，好像一盏探照灯在搜索什么似的。

如心在都市长大，并没有见过这样的奇景，怪不得华人传说行雷闪电是天兵天将来揪罪人出去惩罚，果真有这个味道。

然后霹雳追随而至，呼啦啦连绵不尽，如心不禁掩上双耳。

费南达斯焦急。"快请到宿舍避雨。"

如心随他走进宿舍，费南达斯取出毛巾与热茶。

如心站在窗前。"这岛真美丽。"

"我们也这样想。"

"来了有多久？"

"不过四五年。"

"这几年由你们侍候黎先生吗？"

"呃，是。"

"他是否常常来？"

"据说六七十年代黎先生住在岛上，后来渐渐不来了，近几年我们只在冬季见到他。"

如心笑笑。"你们两夫妻在岛上不闷？"

"开头也怕会闷，可是住下来之后，又不愿返回喧嚣的市区。平均一星期我也出去三次，闲时与水手罗滋格斯聊天下棋，十分有趣。"

"你们都没有孩子？"

"嗯，黎先生聘人时讲明要无孩子的员工，我们猜想他怕吵。"

如心颔首。"我却喜欢孩子。"

费南达斯但笑不语。

雨渐渐停了，繁花被雨打得垂下了头，又是另一番风景，如心只觉岛上一切美不胜收。

"周小姐，我送你回去。"

"劳驾。"

两辆脚踏车一前一后沿旧路回去。

如心本来想计算环岛一周需要多少时间，现在看来，要改天再算了。

片刻，晚餐已经准备好，如心进去一看，吓一跳。

"黎先生都是在正式饭厅里吃的吗？"

马古丽答："是。"

"我在偏厅吃就行，放在电视机前，菜也太多，两个足够。"

如心不懂排场，亦不喜欢排场。

两个星期内，她把这岛摸得滚瓜烂熟，沿岛骑自行车一周需要一小时十五分钟，岛的尺寸大小刚刚好。

别人也许觉得寂寥，如心却十分享受这个假期。

小许时时打电话给她。

"几时接你回市区？"

"后天我得走了。"

"秋季再来。"

"也许，在这岛上，生活似公主。"

小许笑。"我来接你。"

"不用，罗滋格斯会送我。"

在余下的日子里，如心并没有再梦见什么。

上午，她收拾行李。下午，她回到钟爱的莲花池畔。

一只拇指大小的青蛙跳出来，如心连忙追上去，不自觉来到贮藏工具的小木屋。

门虚掩着。

如心轻轻推开门进内参观。

小屋不过两三百平方米大小，收拾得井井有条，架子上全是各式各样工具，应有尽有，就算盖一间房子恐怕也能胜任。

如心的目光落在一只盒子上，它与其他工具格格不入。

那盒子大小如小孩的皮鞋盒子，用金属制成，年代久远，颜色发黑，式样、尺寸，都似盛首饰用。

如心过去捧起它，有点重。

那种灰黑色犹如银器被氧化。

如心取过一只棉纱手套，抹去锈水，又抹了抹盒盖，黑锈立去，盖面出现了极细致的花纹。如心拿把椅子坐下，把银盒擦得干干净净。

盒子上出现两个纠缠在一起的英文字母，分别是 L 与 R。

如心纳罕，这一只名贵的首饰盒，怎么会放在工具间，里边装着什么？

该不该打开？

照说，她已经继承了这个岛，岛上一切，此刻均归她所有，那自然包括盒子在内。

盒子并没有上锁。

如心轻轻掀开盒盖。

她愣住了。

盒子里装着的竟是泥灰，约大半盒，所以拿起来觉得重。

如心抬起头，无比纳罕。

这有什么用？

她走近窗口，用手指沾起泥灰，借光看了看。

那是一种很细的灰沙，感觉上似灰尘。

阳光自窗口射进盒子，咦，有什么东西闪了一闪？

如心取过一只钳子，轻轻拨开灰尘，忽然看到一件她意想不到的东西。

是一只指环！

如心大为惊奇，因为指环的金属已经变成亚灰色，镶在指环上的一圈宝石此刻看上去似一颗颗沙粒。如心还分辨出两件事：一是那宝石透明没有颜色，分明是钻石；二是钻石环绕整只指环，这种式样，叫永恒指环，属女性所有。

一只镶工如此考究的指环，怎么会落在一堆灰中？

它的主人呢？

如心抬起头来。

　　电光石火间，心思缜密的她忽然想到一件事，浑身汗毛竖了起来，会不会它的主人已经化为一堆飞灰？

　　如心的手一松，那只盒子险些堕地，她连忙定一定神。

　　戒指变成亚灰色，显然是受过高温焚烧，那么这一堆灰——

　　如心放下盒子，匆匆走出工作室。

　　她扬声叫："费南达斯，马古丽。"

　　有人自树荫中钻出来。"小姐，罗滋格斯在这里。"

　　"你请过来。"

　　如心把他带进室内。"你可有见过这只盒子？"

　　罗滋格斯只看一眼。"噢，小姐，你把它拭抹干净了。"

　　"这盒子属于谁？"

　　罗滋格斯答："它一直放在那只架子上，我猜它属于黎先生，我十年前来上工时已经见到它。"

　　"你可知道盒里装着什么？"

　　罗滋格斯说："不知道。"

　　"请叫费南达斯来见我。"

如心把盒子小心翼翼捧在怀中，往别墅走去。

到了别墅，她立刻拨电话给小许。

"我有事想立刻出来一趟，请替我联络一间化验所。"

"化验所？"小许大为讶异。

"是，我想化验一点东西。"

"是药物？"

"不，是一堆灰。"

"好，"小许不再追问，"我替你预约，我在不列颠哥伦比亚大学有熟人。"

"好极了。"

这时费南达斯与马古丽已经站在如心身后静候吩咐。

如心问："你俩可见过这只盒子？"

马古丽答："这是工具房里的那只银盒。"

"正是，它属于什么人？"

"绝非我们所有，一定是黎先生的。"

"他有无叫你们打理它？"

"从无，它一直存放在工具房。"

　　如心侧着头想了一想。"我要到市中心去，也许明早才能回来。"

　　"是，周小姐，我叫罗滋格斯去备船。"

　　如心小心翼翼地把盒子用报纸包起来，放进手袋里，携往市区。

　　啊，无意中叫她发现了这个秘密，本来她过一日就要回家，由此可知，冥冥中自有定数。

　　小许来接她。

　　"如心，你脸色苍白。"

　　"不管这些，小许，快带我到化验所去。"

　　小许一路上与如心说笑，这活泼的土生儿使如心重新展开笑容。

　　如心这时发觉伴侣无须外貌英俊，才高八斗，或者志趣相同，只要他能逗她开心，已经足够。

　　车子驶到了大学一座建筑物前，小许笑道："这是本市设备最完善最先进的化验所，我的老同学上官在此做助教，负责部分化验工作。"

太好了。

上官也是个年轻人，已经在等他们，介绍过后，闲话不说，即入正题。

如心把盒子捧出，他立刻戴上薄薄的塑胶手套。

在盒盖上搽上几种试验药水，上官说："它是纯银的。"

如心不由得补上几句："你看到盒角的印鉴了吗？其中一个，是不列颠女神像，这表示它是九七五纯度银子，而一般所谓史他令[1]银的纯度只是九二五，它是质地最好的银器。"

"呵，周小姐你原来是专家。"

如心笑笑，她此际无心客套。

在一旁的小许简直着了迷。"快打开来看。"

上官打开盒盖，一看到那堆灰，便噫一声。

他用工具挑出少许，放在一只玻璃杯里，又用玻璃棒轻轻挑出指环，在显微镜下观察。

"周小姐，请来看。"

---

[1] 史他令：英国旧时九二五白银的专用名词。

"是白金指环吗？"

"嗯，否则早已熔成一堆了。"

"有刻字吗？"

"有，但已不能辨认，需要经过溶液处理，才能看得清楚。"

"它经过何等的烈焰燃烧？"

"肯定在摄氏千度以上。"

如心抬起头来。"一般住宅之中，何处有此高温？"

上官答："有，旧式锅炉。"

如心转过头来。"小许，衣露申岛上用什么发电？"

小许立刻答："它拥有独立先进的发电机，该项装置用了七年左右。"

"之前呢？"

"可以查一查。"

如心又问："这灰——"

"需要化验，给我二十四小时。"

如心到显微镜前去看那只永恒指环。

她看得很仔细，用尖钳轻刮开指环内的金属表面，她已粗略看到 L 与 R 两个字母。

L 一定是黎子中。

R 是谁？

想必是一个女子。

如心忽然想起，衣露申岛用的游艇就叫作红，RED，也就是 R。

这不是偶然巧合吧？

盒子、指环、游船，全与 R 有关。

指环上共镶有十七颗钻石，在显微镜下，可清晰观察到，这种钻石旧法切割，瓣数少，不怎么闪光，今日称玫瑰钻，又流行起来了。

如心问："指环可恢复原状吗？"

上官答："可以拿到珠宝店去问问。"

小许这时问："我们可以走了吗？"

上官笑："一有消息，马上通知你。"

"谢谢你。"

他俩离开了大学。

小许问如心："你猜那是什么灰？"

如心不敢猜测。"我不知道。"

"你希望它是什么？"

"我只希望它是装修时用剩的泥灰。"

"那……"小许问，"它为何盛在一只那么名贵的银盒内？"

如心摇头。"我不知道。"

小许说："这衣露申岛的种种神秘，也不要说它了。"

如心微笑。"看来我继承的不是资产，而是秘史。"

"说得好。"

"小许，请替我在本市中英文报纸上刊登一段启事。"

小许又意外了。"什么启事？"

如心取过一支笔，在纸上写："寻找二十世纪五十至六十年代在衣露申岛为黎子中君服务过的人士，请致电三五零二一，薄酬。"

小许说："咦，那是我的电话号码。"

"需要你帮忙。"难为这小子了。

"一定，一定。"

至此，如心才松了一口气。

黎子中为什么要把衣露申岛给她？

是秘密保存了太久，到了这个时候，也该是掀露的时候了吧。

如心知道 L 与 R 都已经离开了人间，秘密暴露，也无关紧要了。

如心请小许吃晚饭。

"小许，你总有个中文名字吧？"

"有，爷爷叫我仲智，来，我写给你看。"

那是一个好名字。

知道他中文名字之后亲切许多。

"如心，希望广告刊出后有人回应。"

"让我算一算，三四十年前替黎子中工作过的用人，今年已六七十岁了吧，都是老人了。"

"可是头脑应该还十分清晰。"

"对，应该记得当年衣露申岛上发生的事，以及所有细节。"

"这么说来，"小许问，"你暂时不走了？"

如心摊摊手。"我此刻是无业游民，住在哪里都一样，并不急回去。"

"对我来说，是好消息。"

如心笑笑。"家里托我办妹妹的入学手续。"

"请她们把成绩单寄来好了。"

那一晚如心没有回岛上，她在酒店留宿。

一早就起来，与小许会合，赶到大学实验室去。

路上买了一张日报，那段启事也已经刊出。

上官在等他们，见到如心，神色怪异。

他立刻迎上来。"电脑已有报告出来。"

如心心知肚明，沉默地看着上官。

小许忍不住说："快快揭晓吧。"

"两位，已证实那是人类的骨灰。"

如心即使早有心理准备，仍免不了耳畔嗡的一声。

小许当然更加震惊，他低声嚷："我的天！"

上官说："我们坐下来谈。"

如心立刻问："可知男女？"

上官答："科学未曾进步到那种程度，如有骨殖，当可辨认，此刻我们的证据不过是一堆灰。"

如心吁出长长的一口气。

"这枚指环，确是同时焚化。"

如心抬起头。"当时，它也许戴在她左手无名指上吧。"

小许抢着说："真是可怕。"

如心倒是相当镇定。"当时，戒指的主人当然已经死亡。"

上官说："我们不常将骨灰安置家中，所以一旦见到，才大为吃惊。"

如心却说："不，骨灰不叫人害怕，来历不明的骨灰才令人惊疑。"

"这个戴钻石永恒戒指的人是谁呢？"

"自戒指尺寸来看，是位女性。"

如心取过戒指，套向无名指，刚刚好，是五号。"嗯，这位女士中等身段，略瘦。"

这时，小许站起来。"上官，谢谢你，事情已告一段落。"

上官拉住他。"喂，追查下去，真相如何，你是会通知我的吧，别叫我心痒难搔。"

小许却说："我并非当事人，我无权披露事实。"

如心连忙道："放心，上官，我必定向你汇报。"

忽然之间多了两位好友，周如心觉得她收获不少。

在车上，如心问："为何走得匆忙？"

"回家听电话。"

"你不用上班？"

"我已告假，不然那些人看到启事，同谁联络？"

如心有几分不好意思。

小许微微笑。"我早该放假了，只是没有借口。"

自早晨等到中午，只得一通电话。

是一位老妇，声音略为沙哑："薄酬是多少？"

"一百元。"

"可否加到五百？"

如心说："这位女士，那可得看看你所知资料是否详尽。"

"我自一九五五年至一九六〇年间是衣露申岛黎子中先

生的私人秘书，我住在岛上别墅向北的客房里，那窗外向着泳池，有一列杜格拉斯蓝杉树。"

她形容得一点不错。

如心立刻决定。"五百就五百吧，女士你尊姓大名？"

"我姓麦，叫麦见珍。"

"我们约在什么地方见面？"

那麦女士却自言自语道："真没想到今日还有人提起衣露申岛，你又是谁？"

"我是新岛主周如心。"

"黎子中呢？"她大感意外，"他怎么了？"

"麦女士，我们见了面再谈吧。"

"他是否已经过世？"

"是。"

"不然，他不会把衣露申岛出让，"麦女士停一停说，"周小姐，我愿到府上来，我会在下午三点准时到。"

如心把许宅地址告诉她。

之后，电话再也没响过。

"好像只有麦见珍女士一个人有消息。"

"应该不止一人。"

"有些已经去世，有些像费南达斯他们是波多黎各人，已回家乡，有些未看到报纸，有些已不问世事。"

"这么说来，我们已算幸运。"

如心笑笑。"我们专等麦女士吧。"

"她好像相当计较酬劳。"

"也许经济情况不大好。"

"见了面便知分晓。"

下午三时整，麦女士到了。

门一开，如心看到一位小老太太，干枯瘦小，穿着过时但却洗熨得还整洁的套装，老式手袋，旧皮鞋。

她有一张很小很小的面孔，因为皱纹的缘故，看上去似一只胡桃。

如心不肯怠慢，连忙招呼。

麦女士也不客气，吩咐下来："给我一杯咖啡，稍浓，加两匙牛乳。"

然后上下打量周如心。"你买下了衣露申岛？"

如心不置可否，唯唯诺诺。

"先把酬劳给我。"

如心立刻数钞票给她。

麦女士松口气，堕入沉思，过一刻她说："黎子中，当年英俊潇洒，气度不凡。"这是她的开场白。

如心不知她要说到几时去，温言道："麦女士，这样吧，我问，你答，好不好？"

麦女士颔首："你嫌我唠叨。"

"不，我怕你说漏了我想知道的消息。"

"你问吧。"

"麦女士，你在岛上有六年那么长一段时间，可有见过黎先生的女伴？"

麦女士一愣，凄然而笑，嘴角那丝苦涩，丝毫没有因为三十年过去了而减退。

半晌她反问："你是指苗红吧。"

啊，苗红，如心跳起来。

红，R，是她，一定是她。

原来红是她的名字。

如心说："麦女士，我想让你辨认一件东西。"

她把那只指环拿出来。

麦女士只看了一眼。"这是苗红的饰物，它怎么变成这副模样？"

如心叹口气。

麦女士问："他们俩终于结了婚，是吗？"

"不，他们没有。"

麦见珍一愣。"什么？可是，鲜花香槟已运至岛上，一切已准备就绪，帖子也都发出去，结婚启事刊登在报章上，他们终究没有结婚？"

"没有，黎先生独身终老。"

麦见珍颤巍巍站起来。"他人呢？"

"他已去世。"

麦见珍的声音颤抖："苗红呢？"

"我们相信她也已不在人世。"

麦女士又跌坐在沙发上，半晌，她自手袋中取出一张照片。"请看。"

如心猛地想起，岛上可能也有照片簿子，几乎想立刻返转去寻找。

当下小许也趋近来看，只见照片中有三个人，黎子中坐当中，他穿一件白衬衫，卷着袖子，无比潇洒。他右边是当年的麦见珍，小面孔精致秀丽。可是黎子中左边的那女子才是美人，一张小小黑白照片里的她那双目都予人宝光四射的感觉。

如心问："这是苗红？"

"是。"

"他们是情侣？"

"是。"

如心放下照片。"你呢，你只是秘书？"

麦见珍抬起头，缓缓地说："不，我是他最忠诚的朋友。"

"此话怎说？"

"苗红欺骗他，我一次又一次警告他，他只是不理，他笑着说：'见珍，我知道你是为我好，可是我的事我自己懂得……'"

如心低头不语。

麦女士对黎子中的关心爱慕，已经表露无遗。

等半晌，麦见珍问："你已没有问题了吗？"

"你为何离开衣露申岛？"

"子中婚期已定，我住下去没意思，我辞了职。"

"以你看来，黎子中是个怎样的人？"

"热情、慷慨、细心，对人一点架子也没有，修养与学识都一流，懂得享受生活，有幽默感与同情心。"

嗯，几乎十全十美。

"他有一个缺点，他太相信人。"

"依你看，苗红如何欺骗他？"

麦见珍很简单地回答："苗红另外有爱人。"

如心不语。

隔一会儿，麦见珍又不耐烦地问："没有问题了吗？"

如心说："我已经问完。"

麦见珍松口气。"那么，我可以把我的事从头说一说了。"

"不，"如心连忙阻止她，"不用了，我暂时只想听这么多。"

麦女士大失所望。

如心站起来送客。

麦女士只得寂寥地走到大门口。

小许好心地问："要不要家人来接你？"

麦女士凄然答："我孑然一人，我无家人。"

她走了。

小许问如心："为什么不让她把故事说一说？"

如心笑笑。"这一说，三天三夜都不够。况且，麦女士并不知道事情的关键，重要的事在她走了之后才发生，她扮演的角色只不过是黎子中的爱慕者，她对苗红非常有偏见。"

可是已经甚有收获，他们自麦见珍口中，知道当年衣露申岛上的女主角，名叫苗红。

"去查查死亡注册处有无苗红的记录。"

"我们立刻到罗布臣广场政府生死注册处去。"

他们像着了迷似的赶过去。

红尘

叁.

快乐是一种心态，

天堂与地狱，

其实只有一念之差。

旧档案并没有注销，可是查不到苗红这个人。

小许说："可能她在别省逝世。"

如心抬起头来。"是，也有可能，她的死讯并不公开。"

"如心，你指什么？"

"她在岛上去世，火化，这件事不为人知，没有记录。"

小许浑身汗毛竖起。"如心，你怎么会有如此可怕的假设？"

"你如见过那位黎子中先生，你也会有此想法。"

"他长相诡异？"

"不，他有王者之风，说话一如命令，完全不理世俗惯例，在岛上，我相信他会为所欲为。"

小许这次小心翼翼地推测："照你看，苗红是否死于自然？"

如心吓得变色。"许仲智，你的假设更加大胆惊人！"

"你想想，若是意外或病逝，为何不送到医院救治？如心，我想，我们应该通知警方。"

如心沉吟半晌。"已是三十年前的事了。"

"仍是一件悬案。"

"我是岛主，岛上的事我自有主张。"

小许不语，难怪黎子中会选中周如心做继承人，看来二人的确气味相投，十分怪僻。

半晌小许问："你对黎子中有极大好感吧？"

"是，"如心直认不讳，"他把衣露申岛赠予我，我自然应有所回报。"

小许不再置评。

"我将乘水上飞机返回岛上，如有消息，请速与我联络。"

小许立刻去订飞机。

"许仲智，我不会白白用你的时间精力。"

小许转过头来，终于说："那不是钱的问题。"

如心一怔。

小许忽然叹口气，继续与飞机公司联络。

那天晚上，如心独自回到岛上。

八点多了，天空尚未黑透，银紫色晚霞布满整个天际，那颜色艳丽得不似真的。

不知是谁说的，人若经过田野，而对紫色视若无睹，上帝会动怒。

如今有谁对天际这片紫色毫无感觉，也应受到责罚吧。

如心返回室内，把书房所有的抽屉柜格打开来寻找照片、书信以及日记。

可是她一无所获。

五个房间都空空如也。

如心唤来马古丽。

"屋内没有照片吗？"

"没有，我们来的时候都没见过任何照片，黎先生没把它们摆出来。"

如心失望了。

看样子，要不是他已把照片销毁，就是已把它们搬往别处。

马古丽退出去。

如心在露台上坐着，橘红色的太阳终于落入海中。

黎子中并不打算把往事也交给周如心继承。

书桌共有六格抽屉，全是空的。

台子上仍然是那沓纸，那根笔。

当年在岛上发生的事，可以想象，一定有好几个版本，何不把它们都写出来。

如心轻轻摊开纸笔。

忽然，她耳畔听到细碎的乐声。

那是一首轻快的老调，名叫《天堂里的陌生人》，这是指她周如心吗？

她脱口问："谁，谁放音乐？"

马古丽推门进来。"小姐，唤人？"

"谁在播放音乐？"

"没有人，并无乐声呀，小姐，你听错了。"

如心再侧耳细听，果然没有任何声音。

她抬起头，啊，疑心生了幻觉。

"小姐，"马古丽说，"你累了，休息吧。"

可是接着又有电话进来。

"如心，我是仲智，听着，有一位洪小霞女士说她也曾在衣露申岛工作过。"

"为什么都是女士？"

"也许女士们较为细心，看到报上启事。"

"有无约她见面？"

"有，到她家中详谈。"

"我明天一早出来。"

"她住在维多利亚。"

"那更好，你在该处码头等我，明早九时见。"

"一言为定，对，你在别墅里找到什么没有？"

如心十分怅惘。"什么都没有。"

"片言只字也无？"

"一张照片都不见。"

"那也好，你可以安心在那里住。"

怎能安下心来。

夜里，如心做梦了，她看见自己从床上起来，凭窗眺望，只见异乡之月如银盘般灿烂，风吹过树梢，沙沙作响，这等景色，简直可用风情万种四个字来形容。

她又听到有人唤她名字："周如心，下来玩，周如心，下来玩。"

如心虽然年轻，但自小习惯一如大人，早睡早起，举止端庄，生活正常，从未试过晚上出去玩，不由得心动。

她自窗子看下去，很清楚地知道这不过是一个梦境，可是她看到年轻的黎子中与苗红在楼下叫她。

他俩笑脸迎人，手拉手，如心一点也不害怕，反而替他们高兴。

她高声问："误会都冰释了吧？"

黎子中颔首。"我俩永不分离了。"

如心由衷地开心。"那多好。"

"如心，你下来，我们谈谈。"

如心刚欲下楼，蓦然惊醒。

闹钟震天地响，她连忙按住它，起床梳洗。

马古丽跟她出海，在船上为她准备早餐。如心感慨这种特殊阶级的生活过惯了，恐怕不易再做回一个普通人。

船到了，许仲智已站在码头上等。

他朝她招手。

他俩照着洪女士所给的地址找过去，原来是维多利亚唐人街一家中药店。

年近六十的洪小霞女士抱着一个婴儿出来见客。

她解释："孩子爸妈都上班去了，现在由我带这孩子。"

如心笑笑问："是孙儿吧？"

"这是最小的一个，大的已经进大学了。"

如心说："谢谢你打电话来。"

"不客气，那广告是我大女儿看到的。她说，妈妈，桃花岛岛主找你呢。大女幼时去过那岛上做客，印象深刻，至今不忘，她叫它桃花岛。"

"那是什么年份？"

"请坐，让我想想，是三十多年前的事了，三女刚出生。嗯，那是一九六五年，我记得当时等钱用，便到岛上做用人，负责打扫。"

如心应了一声："岛上有些什么人？"

"有黎先生、苗小姐，还有一位姓麦的秘书小姐，以及其他三个用人。"

"你在岛上，有无遇到怪异之事？"

"我只做了七个多月，岛上气氛很坏，黎先生与苗小姐说是正筹备婚礼，可是天天吵闹。黎先生时常大声斥骂，摔东西，我们都躲起来，吵过出来收拾，只见所有珍贵的摆设都打得稀烂，看不过主人家这样浪费，储够了钱应急，便辞工不干了。"

如心侧着头想。"依你看，黎先生是否好人？"

洪女士摇摇头。"脾气那么粗暴……"

"苗小姐呢？"

"很委屈，好像有把柄在黎先生手中，非嫁不可的样子，时常背人垂泪。"

咦，太奇怪了，这是完全不同的版本。

"那麦小姐呢？"

"麦小姐也不过是雇员，但是看得出她有野心，她喜欢黎先生，可是黎先生不在乎她。"

"你走的时候，苗小姐有无生病？"

"啊，被你一提醒，我倒是想起来了。苗小姐患哮喘，一紧张，呼吸便转不过来，要闻一种小瓶子药，每次黎先生刺激她，她便发病。"

"有没有医生到过岛上？"

"有，不过多数都是由船送苗小姐出去。可是，我走的时候，苗小姐还是好好的。她还到码头送我，是个美人，红颜薄命。"

如心不语。

与麦见珍的观点刚好相反，洪小霞肯定是黎子中辜负了苗红。

"苗小姐待下人十分宽厚，见到我大女儿，每每送她糖果和玩具。"

如心好奇。"是什么玩意儿？"

"会眨眼的洋娃娃，还有一只打开有音乐的盒子。"

"你觉得她不快乐？"

"不需要很聪明都看得出来啦。"

"你对苗小姐倒有好感？"

"当然啦，长得那么好看，又善心，却有病。对了，后来他俩怎么了？"

如心遗憾地说："两人都故世了。"

"咦，年纪应该不大。"

"是，他们没活至耄耋，真可惜。"

洪小霞也叹口气。

她的小孙儿非常乖，八九个月大，已会认人，含着手指，睁大眼睛看人，但躲在祖母怀中觉得十分安全，故不怕人。

如心掏出一只红包说："给小孩买糖吃。"

洪女士也不拒绝，很大方地说："谢谢。"

"啊对，"如心想起来，"岛上时时请客吗？"

"是，每月总有好几次宴会，都在游泳池边举行，自外头接了厨师与侍应进来准备……可是锦衣美食，也不能叫一个人快乐。"

她说得对。

她的晚年过得很好，也与财势无关。

如心告辞。

"看到没有，许仲智，快乐是一种心态，天堂与地狱，其实只有一念之差。"如心无限感慨。

那大男孩踌躇。"到底黎子中是一个怎样的人？"

如心不语。

"那苗红，又是否一个牺牲者？"

没有人能够回答。

他们回到船上，坐在甲板上喝冷饮。

如心伸一个懒腰，在这种明媚的天气，除了遐思，什么都不宜提起。

她闭上眼睛。"外人知道的，大概也就是这么多了。"

"也许，还会有人来告诉我们更多。"

"年代已经久远，用人所知，也不过是吉光片羽。你看，别墅与工人宿舍距离甚远，连声音都不可闻。"

"我倒是替你找到一些关于黎子中的资料。"

他自公事包中取出若干剪报。

如心非常有兴趣地翻阅。

原来黎子中生于马来西亚的槟城，独子，他是好几个锡矿的继承人，自幼在英国读书，性格外向，喜欢运动，可是在大学念文学，毕业后努力发展家庭事业……

如心抬起头说："好像十分正常。"

资料并无提及苗红其人。

"父亲去世后黎子中的生活便起了极大变化，他逐渐把公司业务下放，也开始一反常态，过着一种半隐居生活。"

如心说："就是在那个时候买下衣露申岛的吧。"

"是，第一年几乎有六个月时间住在岛上，旧时一帮玩伴开头觉得新鲜，时来做客，日后便疏远了。"

"与世无争，多么自由自在。"

"我始终觉得，人是群居动物，我们享受朋友做伴。"

他说得对，如心就喜欢他陪着她。

她回到岛上，小许向她道别。

红尘

肆·

一个人若是真心喜欢另一个人，

因爱生怖，

什么都会变得患得患失。

回到书房，如心再也忍不住，摊开纸笔，写下题目：《我所知道关于黎子中与苗红的故事》。她这样开头——

那是初春一个雷雨之夜。

岛上的探照灯忽然全部亮开，照得如同白昼，哗哗大雨像面筋条般自天上挂下，船渐渐驶近码头，用人打着大黑伞前去迎接。

在那样的天气之下，无论如何也免不了全身淋湿。

他紧紧拥着他的爱人，把她带上岸。

那女子头发上绑着一方丝巾，显得一张脸更加精致美丽，她抬起头，轻轻说："这就是衣露申岛了。"

"是。"

"为何把它命名为衣露申？"

"因为，生命本身就是一个幻觉。"

这时，天边雷声隆隆，电光霍霍，雨点早已打湿她的面孔，他接过用人的伞，搂着她急忙朝大宅奔过去。

他们的感情，也像岛上的天气一样，变幻无穷。

写到这里，如心翻回第一页，把题目划掉。

她改写"红尘"二字。

这是一个比较贴切的名字，因为人跑到哪里都离不了红尘。

如心吁出一口气。

有人敲书房门。"周小姐，我是马古丽，晚饭时候到了。"

如心说："别打扰我，你每隔三小时给我送三明治及饮料进来，放在那边茶几上。"

"是，小姐。"

马古丽轻轻退出去，每个到岛上来的人都会逐渐变得孤僻，她已见怪不怪。

如心伏在案上，沙沙沙不住地写，不知是什么地方来的一股力量，逼着她把这个故事写出来。

可是过了一段日子，那女子开始闷闷不乐。

他说："告诉我你的需求，我会尽量满足你。"

她答："我想回到往昔的世界里去。"

他恼怒。"是我一手把你的身份提升，将你带到这乐园一样的岛上来，你为何还不满足？"

她低下头。"我觉得寂寞。"

"可是我已经日日夜夜陪伴你。"

这时，有第三者的声音冷冷挑拨道："她心中另外有牵挂的人。"

啊，说话的是岛上打理杂务的秘书，她冷眼旁观已有一段时间，心中无限妒羡，她巴不得可以成为岛上的女主人，可惜机会降落在一个完全不懂珍惜的人身上。

他低声央求："我找朋友来陪你，我们开一个三天三夜的舞会。"

"不不不，"她几乎像求饶那样说，"不要叫他们来，我不想见到他们，我根本不认识那些人，那些人也不关心我，我讨厌无聊的舞会。"

他沉下了脸，不知自几时开始，他再尽力，也不能取悦于她。

渐渐，他因失望而失去耐心。

"我当初同你说过，一到这岛上来，就永远不能离开。"

"不，让我走。"

他忽然咬牙切齿地说："你即使死在这岛上，化成了灰，我也不会让你离开。"

她脸色转为煞白，踉跄地后退几步，喘息起来，呼吸艰难，双手捂着喉咙，倒地挣扎。

他急了，连忙找到喷剂药，递到她面前，扶起她。

两个人都流下泪来。

她轻轻说："你说得对，我欠你太多，我应该感恩，我不走，你放心，我至死也会留在这岛上。"声音渐渐呜咽。

那第三者站在楼梯上，看到这一幕，冷笑一声，双目发出绿油油的光，她悄悄消失在角落里。

如心写到这里，放下笔。

她既不口渴，亦不肚饿，走到茶几处一看，发觉上面已搁着两份点心。

她诧异，不相信三四个小时已经过去。

她竟听不到任何声响，那么沉湎，那么投入，真是始料未及。

她伸一个懒腰，觉得有点累。

她半躺在长沙发上，喃喃自语："苗红苗红，你是如何认识黎子中，又如何欠下他这笔无法偿还的债，可否托梦给我，与我说个清楚？"

她打一个哈欠，闭上眼睛。

马古丽这时恰恰推开门，看到这个情形，便悄悄退出。

这时，许仲智打来电话。

马古丽拿起电话听筒。"许先生，周小姐睡着了，要不要唤醒？"

"不用了，我稍后再打来。"

而如心在书房里悠然入梦。

她听到轻俏的笑声："在写我的故事？"

如心也笑。"是呀。"

"你把它叫《红尘》？"

如心答："可不正有一个红字。"

对方感叹："那并不是一个愉快的故事呢。"

"我机缘巧合，来到这岛上，总有原因，也许就是为着要把你的故事写出来。"

女主角轻轻地笑，声音如银铃一般。

如心转过头去，看到穿着一袭旧纱笼的她，那纱笼色彩斑斓，有些地方已经磨得薄如蝉翼，可是穿在她身上，却无比轻盈曼妙。

她看上去，只得十七八岁模样。

如心讶异。"你为何如此年轻？"

她有点无奈。"我认识他那年，只是个少女。"

"你怎样认识他？"

苗红低下头。"家父曾是黎氏锡矿的工人，因嗜酒，被逼退休，家贫，仍获准住在员工宿舍中，可是我有一个不争气的弟弟，竟潜入厂中盗窃，惊动了厂长。"

厂长想必是黎子中。

"那是一个雷雨夜，弟弟被扣留在派出所，我去他家求情，他自外应酬回来，看到我在门口等他。"

如心轻轻问："当天，你就穿着这袭纱笼？"

"是啊，淋得遍体通湿，站在门口好几个小时。"

"他怎么说？"

"他唤我进屋，让我更衣，用点心，然后与我谈了一会儿，他答应帮我的忙。"

如心可以想到故事其余的情节。

"他叫司机送我回家。半夜，弟弟就放出来了，父亲依旧喝醉，我与弟弟抱头痛哭。"

"你们的母亲呢？"

苗红凄然。"母亲早逝，否则我们的生活不致如此凄惨。"

这时苗红轻轻坐下。"过两日，厂里有人来叫我们搬家，我以为要逐我们出宿舍，惊惶不知所措，父子三人像笼中老鼠，如临末日，可是工头说黎先生已安排我们搬到较好的单位去。"

如心问："那时，你多多少少有点明白了吧？"

苗红抬起头。"我已经十六七岁，我知道那一切，都是为着我的缘故。我一无所有，他看中的，自然是我这个人。"

如心不禁叹息，是，她只有她的身体。

"既然如此，我与他讲起条件来，务必要送弟弟出去读书。如果资质实在差，那么学做生意也是好的。父亲晚年需要安置，我则希望能够正式结婚。"

如心觉得这些要求也都相当合理。

苗红低下头。"黎子中不愿与我结婚。"

如心大惑不解。"为什么？"他那么喜欢她！

"在那个时候，阶级观念不可磨灭，我母亲是土女，我父亲是工人，他过不了家庭那一关，他本人亦觉得没有必要与我正式结婚。"

"他错了！"

原来他的潇洒只属表面。

周如心不由得对他稍微改观。

苗红转过身去，她说："天亮了，我得告辞了。"

如心叫住她："慢着，你是她的灵魂吗？"

苗红回头嫣然一笑。"不，我只是你的灵感。"

如心一怔。"我不明白。"

"你千思万想，忽然开了窍，把思维打通，得到结论，我便前来与你相会。"

"等等，你说得那么玄，我不懂得。"

苗红叹口气。"你已知来龙去脉，还不知足？"

"不，故事中尚有许多空白，譬如说，你的意中人到底是谁？"

"那就要看你如何安排了。"

"我？"如心愕然，"你们的事，我怎么安排？你在说什么呀？"

苗红忽然指一指如心身后。"谁来了？"

如心转过头去，发觉空无一人，再回过头来，已失去苗红踪迹。

她一顿足，人也就醒了。

只斟一杯水喝，她就伏到书桌上，忙着把情节写出来。

马古丽推门进来，看到年轻的女主人埋着头不知在写什么，一张脸灰蒙蒙，眼睛窝了下去。她大吃一惊，不动声色，走到楼下，找丈夫商量。

"费南达斯，周小姐情况不妙。"

费南达斯不作声，过半晌才说："她发现盒子那日……"

"她不该打开盒子。"

"现在，她的情况同黎先生去世前一模一样。"

"不会那么差吧？"

"她会茶饭不思，日渐消瘦。"

"我们总得帮帮她呀。"

"我们只是管家，听差办事，千万不要越轨。"

"或者她不应该到岛上来。"

"这古怪而美丽的岛屿不利主人，却不碍我们。"

"岛上究竟发生过什么事？"

"何必追究呢，马古丽，你且小心照顾周小姐饮食。"

周如心伏案速写。

像是有人握着她的手，操纵了她的思维，把故事一句一句读给她听，借她的笔写出来。

有若干细节，无端跃进脑海，根本不知从何而来，却又合情合理。

——黎子中问苗红："你可是属马？"

苗红轻轻答："是，家父同我提过，可是又说我十二月出生，冬日草地已芜，故我是一匹苦命马。"

黎子中说："那，我比你大十二岁。"

苗红低下头，不知厂长怎么会提到这一笔。

"去同你父亲说，我想带你走，叫他放心，我会照顾你。"

苗红退后一步，深深吃惊，他对她来说，百分之百是个陌生人，她完全不认识他，怎么可以跟他走？

她不由得冲口而出："走到什么地方去？"

他笑了。"天涯海角，自由自在，这世上有许多无忧无虑的乐土。"

但是苗红不愿意离开她的出生地，她穿惯纱笼，日常赤足，叫弟弟爬上树，钩下椰子，喝它的汁液，又到田里掰甘蔗吃，在河塘摸虾，她认为这就是乐土。

况且，在这里，她还有不少朋友，她不愿跟一个比她大十多岁的异性远走他乡。

可是黎子中一门心思地说下去："你要学习英语，学会打扮跳舞，时时伴着我，我会带你看这个世界。"

苗红的头越垂越低，在她那个年纪，任何比她大十岁的人已是老古董。

她不愿意，对黎子中权威的语气，她觉得害怕。

她鼓起勇气问："你，可是要与我结婚？"

黎子中一愣，忽然笑了，像是猜不到这女孩会有此非分之想。

这一切落在苗红眼中，心中更添三分自卑，一分气恼。

"去，回去同你父亲商量。"

苗红低头走回家中。

父亲已喝醉了。

抬起蒙眬眼，问女儿有什么话要说。

"你放心我离开家吗？"

父亲反问："你要嫁给亚都拿？"

"我，我要到一个遥远的地方去。"

"叫亚都拿父母来说亲，你要知道，回教徒好娶多名妻子。"他呵呵笑。

"不，"苗红说，"不是亚都拿——"

"亚都拿本性不错……"

他昏睡过去，酒瓶滚到墙角。

苗红知道没有人会替她做主。

亚都拿的父母根本不喜欢华女，亚都拿本身是个穷小子，自己都养不活。

她走到窗前，仰起头，看椰林梢那弯钩似的新月。

看来，她很快将离乡背井了。

命运真奇怪，因为弟弟跑到厂房去偷了一把风扇而改变了她一生道路。

她跑去找亚都拿。

亚都拿坐在河畔吹笛子，她看到他远远站定。

他已闻头家看中了她，要带她远走高飞。

亚都拿知道苗红过来找他，是为着来说再会。

她没有走近他，他也没有。

亚都拿把笛子放到嘴边，吹奏起来。

那笛子如人声般呜咽，轻轻诉说他们快乐的时刻，到最后，他向她道别。

两个年轻人均落下泪来。

翌日，她答应黎子中跟他走，不过，他需照顾她父亲及弟弟。

黎子中说："我会安排他们到新加坡去。"

写到这里，如心累到极点，伏倒在桌子上，看着写得密密的稿纸，只觉稀奇，这真是她写的？感觉上如扶乩，有一股意志力叫她把故事写出来。

马古丽捧着食物饮料进来。"小姐，今日天气好极了，你怎么不出去散散步？"

如心走到露台看出去，蔚蓝天空，碧绿海水，假使她有千里眼，简直可以看到东京去。

电话铃响。

"小姐，是许先生。"

许仲智的声音有点担心："你好吗？"

"没事，谢谢。"

"我在图书馆寻找资料，遍阅《太阳报》一九六五年至一九七〇年本地新闻头条。"

如心讶异。"那要好几个小时呢！"

"可是找不到任何有关黎子中的新闻。"

一切都在一座孤岛上发生，当然不为外人所知。

"警局档案中也无苗红失踪记录。"

"许仲智，我在想，是否需要在新马刊登寻人广告。"

那大男孩沉默。

如心问："你反对？"

"她已失踪近二十年，亲人的创伤大概刚刚痊愈，又去掀动埋葬掉的痛楚，岂非残忍？"

如心不语，没想到他那么为人着想。

"可是我需要得到故事的细节。"

他笑了。"你喜欢听故事？我陪你去买小说。"

如心说："你有无发觉，苗红的一生像小说情节，大部分人如你我只在书中经历，可是她，她的生活就是传奇。"

"你还是决定要到新马寻人吧？"

"嗯，设立一个八○○号码，好使打进来的人免付长途电话费用。"

"你什么都已经设想周到了。"

如心忽然笑说："是，以前不懂的，现在都学会了。"

"以前，什么以前？"

她的声音转得十分柔媚："以前初到衣露申岛，似乡下人，什么都不会。"

"你在说什么？"小许大为震惊，"如心，你以前几时到过衣露申岛？"

她以为她是谁，苗红？

啊，在岛上奇异气氛中，莫非她已着魔？

他万分着急，最好能够即时飞到周如心身边，看个究竟。

可是刹那间如心语气又恢复正常："你照办吧，我想到泳池里去游几圈。"

"下午我来看你。"

"不用，我一个人在这里很舒服。"

"你肯定吗？"

"当然，在外界没我的事，在这里，我至少有一个任务，我想把这故事查个水落石出。"

小许只得苦笑。"有消息我会向你报告。"

如心并没有带泳衣，这可是她的私人岛屿，无须拘束，她穿着短裤衬衫就跳进泳池里。

费南达斯看到了，过一会儿同罗滋格斯说："黎先生也喜欢穿着便服游泳。"

罗滋格斯说："也许所有岛主都有这个习惯。"他不欲多语。

如心自泳池上来，也不更衣，坐在藤椅上沉思。

马古丽递上大毛巾。

如心抬起头："黎先生临终前，常来此地？"

"他每年在冬季来，春季走。"

多么奇怪，一般人都爱在春天来，初秋走。

"来了也把自己关进书房里，好几天不出来。"

"他在书房干什么？"

马古丽好奇地问："周小姐，你在书房内又是干什么？"

"我在写作。"

马古丽吃一惊。"你是作家？"

"不，我只是想写一个故事。"

"也许，黎先生也关在房里写作。"

"他可喜欢与你们谈话？"

"很难得才讲一两句，除了冬季，其余时候，他住在伦敦。"

"我也听说了。"

如心返回大宅更衣。

她接了一通有趣的电话。

"我找周如心小姐。"

"我正是。"

"周小姐，冒昧求教，我是柏佳地产的丘梓亮，"声音充满笑意，"有一位客人乘船游览时看到了你那座岛以及岛上的设备。"

如心一时不知道他意下如何。

"周小姐，他出价很好，你愿意转让吗？"

如心答："不，我没有意思转让。"

"啊，"经纪人有点失望，"那么，我还有个请求，我客人的意思是，如不能买现成的，便只好仿造，他们能到岛上参观吗？"

如心不由得好奇。"他们是哪里人？"

"噢，是中国台湾人。"

"随时欢迎参观，但恕我不出来招呼。"

"那自然，我已经十分感激。"

如心几乎想告诉那位丘先生，说岛上风水不大好。

如心蓦然发觉，到了岛上，性格大有改变，以前内向的她，此刻事事主动，意见多多，且十分决断。

傍晚小许就来了。

用过晚饭，天尚未黑，罗滋格斯前来报告："有艘中型游艇请求停泊，说已与周小姐联络过。"

"啊，是，请他们自便，你带他们环岛走一遍。"

小许十分委屈。"你若存心把岛卖掉，应该给我赚这笔佣金。"

如心笑。"我怎么会把它出让？"

稍后，小许站在窗前看到有人走近。"噫，其中一人还手持指南针。"

"那是风水堪舆师的罗盘，他即风水先生。"

"看得出所以然吗？"

如心笑。"我怎么会晓得。"

只见他们一行四个人走走停停，停停又走走，终于绕到岛的另一边去了。

小许说："没想到你会那么随和。"

"难得有人喜欢这座岛。"

片刻，马古丽前来说："那位丘先生想与你讲话。"

如心不欲拒人千里，便走出客厅。

那丘经纪见到女主人这么年轻，倒也意外。生意人大大方方开门见山："周小姐，我在房屋买卖转手资料处获得你的地址，谢谢你的招呼，我的客人实在喜欢这个岛，可任你开价。"

如心笑笑。"风水先生怎么说？"

那年轻的经纪也笑。"他说好得不能再好，我的客人其实已到无所求境界，可是一听住在此岛，儿子会读书，女儿嫁得好，即时心动。"

如心轻吟道："嗯，唯有儿孙忘不了。"

"什么？"

"没什么，那位风水先生看错了，这座岛，叫衣露申，做生意的人一切讲究实实在在，不适合住这里。"

"它叫什么？"

"衣露申。"

"噢，叫幻觉。"

"可不是。"

丘经纪不气馁。"可以改呀，我的客人本是崇明岛人氏，他有意把此岛更名崇明。"

"这岛不打算出售。"

"唉。"丘经纪失望。

"这附近时常有小岛出售。"

"周小姐有所不知，太小不好，太大难以打理，这岛位置特佳，附近有大岛挡风挡雨，又无激流，万中无一。"

如心只是笑。

"周小姐，你考虑考虑。"他放下名片。

马古丽送他出去。

小许一直站在如心背后不出声，这时忽然说："任由开价。"

如心答："也不能太离谱，叫人见笑。"

"如果卖六七百万，拿来捐孤儿院或是奖学金也不错。"

"你估计它值这个数字？"

"大约是。"

"我余生好享福了。"

"你不是那样的人。"

"不是享福的人？"

"不，不是有福独享的人。"

如心笑不可抑。"如何见得？"

"据我观察所得，你富有同情心，关心别人，时常为他人着想。"

如心很感动，除了姑婆，从来没有人把她说得那么好，而姑婆已经逝世。

"待我们把这个故事发掘出来之后再做考虑好了。"

客人已经离去，整个天空都是紫色晚霞。

如心笑道："不知住下去会不会折福，整个世界都是天灾人祸，妇孺挨饿，军人阵亡，我们却这样无忧无虑，享受太平逸乐。"

小许问："那么，为什么仍有不快乐的人？"

"我不知道，可能是贪得无厌。"

小许笑了。

"许仲智，来，我给你看一个故事。"

"是你撰写的吧，多谢你让我做第一个读者。"

"别取笑我，我不是想做作家，我只想把我的假设记录下来。"

"我明白。"

如心把原稿影印一份给他。

"时间空间可能有点复杂。"

小许又笑。"放心，我懂得看小说。"

"那么，你看，我写。"

"如心，"他叫住她，把他的忧虑讲出来，"写归写，记住别带入故事中，那不是你的故事。"

如心止步，回味他的话，然后称是。

摊开纸，她写下去。

——他把她带到伦敦，找人教她英文，指点她社交礼节，她天性聪敏学得很快，令他深感满意。

那是他们最开心的一段日子，苗红浑忘过去，也不觉得他们身份年纪有距离。

可是不久，她患了哮喘病。

医生说："潮湿阴暗的天气不适合她，若要康复需住到干爽的地方去。"

黎子中却犹疑了，他的旧同学老朋友以及生意上的拍档全在这个天天下雨的都会，他一时走不了。

苗红的病情恶化。

他不得不做出若干安排。

就在此际，他买下加拿大不列颠哥伦比亚省一个无名小岛，开始建设。

也许苗红会适合住在这风光明媚的岛上。

叫什么名字好呢?

一日深夜，她却对黎子中说："我想回家。"

黎子中不悦。"这里就是你的家。"

"我想念父亲、弟弟。"

黎子中自觉做了那么多，苗红尚不知感恩，异常失望，故转为冷淡。"你父弟很好，不必操心。"

"我原本是热带雨林里生长的人。"

"那里另外有一个难以忘怀的人吧？"

苗红一愣。"你指谁？"

"亚都拿。"

苗红不相信双耳，富甲一方、生活经验丰富、相识遍天下的黎子中竟还会记得南洋某小镇一个吹竹笛的少年。

她先是笑，然后静下来，她说："有这么一个人吗，他是谁？你真好记性。"

这是她第一次讽刺黎子中。

他太看得起亚都拿了，他也太小觑苗红，还有，他怎么会连这点信心都没有。

可是苗红不知道，一个人若是真心喜欢另一个人，因爱生怖，什么都会变得患得患失。

接着几天，他没有同她说话，并且把小岛命名衣露申。

待岛上所有设施完成之后，苗红已成为另外一个人。

相信即使是青梅竹马的亚都拿面对面也不会把她认出来。

她长高了，衣着时髦，谈吐文雅，而且，除却睡觉的时候，脚上永远穿着鞋子。

她已许久没有喝到椰汁，也长久没有在脸上展露她的喜怒哀乐。

二十岁生辰那天，黎子中为她大肆庆祝，在夏蕙酒店请客，苗红穿着迪奥纱裙，头上戴着钻冠，令外国人以为她是东方某一国的公主。

许愿的时候，苗红轻轻在心中说："还我自由。"

失去什么，才会知道什么最珍贵。

聚会在黎明时分结束。

黎子中问她："开心吗？"

她点点头，轻轻除下佩戴的累累钻饰。

"你许什么愿望？"

"大家都健康快乐。"

"那么基本？"

"因为什么都有了，所以特别珍惜这两样。"

她并没有说实话，但隐瞒得十分有技巧。

真话会伤害人，特别是多疑的黎子中，他是她的恩人，她有义务使他精神愉快。

苗红忽然捂紧脖子喘息，宴会人烟稠密，她旧病复发，需要药物。

"今夏，我们便可以搬到衣露申岛去，对你的健康有帮助。"

"太好了。"

"麦秘书会偕我们同行，我有事务需要她帮忙处理。"

苗红当然没有异议。

如心停下笔，想休息一下，碰巧小许在这时候敲门进来。

"喂，你别打扰我呀！"

许仲智十分困惑。"我还以为你只是一个古董缸瓦修理专家。"

"写得怎么样？"

"情节编排得非常合理，我猜想离事实不远，起码有八九分真实。"

"谢谢你，你真是个好读者。"

"开头想必一定像你所写那样发展，可是结局呢？"

如心答："结局我们已经知道，黎子中孑然一人，孤寂地怀着一颗破碎的心病逝。"

"不不，我指苗红如何终止了她短短的生命。"

如心抬起头。"哦，那有好几个可能。"

"说来听听。"

"我会把几个可能写出来。"

许仲智笑。"啊，卖关子。"

"可不是，希望我一支笔可以补情天。"

那土生子听不懂。"什么天？"

如心存心叫他糊涂，微笑道："我的确补过一只雨过天晴的碟子。"

小许说："明天我就去学中文。"

"不准光说不做。"这是亘古收效的激将法。

"来，如心，我们出城走走。"

"不，我觉得岛上很好。"

"你也得接触现实世界。"

如心忽然问："你猜苗红有没有去市区逛？"

小许摇摇头。"黎子中根本不想她与闲杂人等见面，他控制一切，严格挑选她见的每一个人。"

如心点头。

那是事实。

那也是一种极端缺乏自信的表现，他俩的关系实在难以长久维系。

他爱她已爱到自己也不相信的地步。

如心取过一张纸，写下几个可能性。

一、她因病逝世，他不愿意离开她，把她在岛上火化，常伴她左右。

小许颔首："我问过上官，哮喘如不获及时治疗，足以致命。"

如心又写：二、她要离开他，引起重大冲突，他错手杀死她。

许仲智说："太可怕了。"

三、她想除去他，可是力不从心，他自卫杀人。

小许失声惊呼："还有谁会相信人性？"

四、她自杀。

小许答："是有这四个可能性。"

如心问："你猜是哪一个？"

"我只能选第一个。"

"假使他及时送她到医院诊治，有什么急症不可痊愈，是他故意拖延使她失去生命。"

"这黎子中究竟是一个怎样的人？"

"他是凶手。"

"请勿武断。"

"我也不想那样说，但他的爱是一种折磨的爱，对方越是痛苦，他越能满足。"

"可是，她可爱他？"

"我想是，否则她怎么会甘心留在岛上。"

小许的结论是："那么一切后果由这两个成年人自负。"

"那自然。"

小许为人单纯。"我不知道世上竟有这种爱，听上去比恨还可怕。"

　　如心笑了。

　　许仲智说："如果我喜欢一个人，首先要叫她快乐。"

　　"你心智正常，当然心平气和。"

　　"如心，我们乘船出去。"

　　"我还没有写完故事。"

　　"每天写一章够了，以三个月时间完成。"

　　"三个月？家人会以为我已经失踪。"

　　小许说："我与他们联络过，令妹下星期可来办入学手续。"

　　"住宿怎么办？"

　　"你忘了在下专门做房屋租赁管理。"

　　"啊，失敬失敬。"

红尘

伍·

我们有太多的事要做，
并没有时间痴痴等待他人降福给我们，
我们尽可能主动争取快乐。

他们到市区时已近黄昏，坐在路旁咖啡座，看五光十色车水马龙红男绿女。

可是如心挂着那个故事。

"苗红去世时应不过二十五岁。"

犹是红颜。

许仲智说："现在我们不谈岛上的事。"

如心径自说下去："我不知道别人怎么想，我是很享受生活的，一杯茶一场雨一朵花都叫我喜悦，只要身体合理地健康，我不介意活到耄耋。"

小许说："我的想法也一样。"

"所以……"如心十分惋惜，"苗红的生命那样短暂，叫我难过。"

许仲智说："来，我带你去一个吃摩洛哥菜的地方。"

"你愿意听关于我姑婆的事吗？"

"与你有关的事我都爱听。"

初中毕业后，周如心还没有对任何人说过那么多的话。

到最后，话题还是回到岛上去。

小许说："地库的建筑——"

如心立刻问："什么地库？"

"大宅共三层，地下有地库。"

如心想起来说："对，你去地窖取过酒。"

"地窖旁还有两个入口，一间是游戏室，另一间是小型戏院，可坐十多人。"

如心张大了嘴。

许仲智马上笑。"别墅太大了，你一时没发觉那两处地方。"

"你并没有告诉我。"

小许搔着头。"是我的疏忽，我以为你住上三五天必定会走，且随即会将岛出售，故粗略地交代一番。"

如心却紧张起来。"游戏室里有什么？"

"我只见到一张桌球台子。"

"戏院呢？"

"布置很精致，有电影银幕、放映室，设备一如试片间。"

"我这就回去。"

小许心想：早知就不同你说。

如心说："不必送我，路途太远了。"

小许隔一会儿才缓缓说："不算远，我有一位同学送女友回家，足足自多伦多送到美国内华达州。"

如心也隔了一会儿才问："他们有无结婚？"

"没有，三年后他另娶他人。"

如心十分感喟："假使把那种能量用在科研上，人类恐怕已经征服宇宙。"

小许轻轻说："周如心，没想到你那么爱讽刺人。"

"不不不，我是真为人们在感情上浪费的精力与时间惋惜。"

"那么，你是肯定不会那样做的了？"

如心微笑。"我有什么资格做一个多情人。"

小许不语：由此可见她是一个十分理智谨慎的女子。

如心吩咐罗滋格斯把游艇驶出来。

"我送你。"

如心婉拒。"一来一回实在太浪费时间了。"

在船上，如心打了一个盹。

醒来后，她问罗滋格斯："你可去过戏院？"

"很少去，那处已多时不用，马古丽偶尔进去打扫。"他有点犹疑。

"什么事？"

"有一次，马古丽说她听见音乐。"

如心不语。

她也听见过乐声，岛上气氛的确使人精神恍惚。

"上岸后，我想进去看看。"

罗滋格斯劝道："周小姐，不如等明早。"

"为什么？"

罗滋格斯说："大家都累了。"有点不好意思。

如心不语，知道他们对黑夜有点避忌。

"那么，明早七时整我们去看个究竟。"

他松了口气。"是，周小姐。"

倒在床上才晓得有多累，她一直睡到天亮，一个梦也没有。

睁开眼睛，发觉天色已亮，连忙起床梳洗。

马古丽已经过来侍候。

如心略带歉意问："你们工作时间是否是九至五？"

马古丽笑笑。"周小姐，你难得来。"

"加班费还是可以支付。"

马古丽仍然笑。

黎子中很会挑选雇员，看情形，待他们也不薄。

"来，我们去地窖看看。"

原以为阴暗可怖，蛛网处处，甚至会有蝙蝠飞出来，可是一推开门，如心立即讪笑自己孤陋寡闻。只见游戏室有束光自玻璃砖射入，光线柔和，打理得十分干净，架子上放着各类玩具，其中一角是各式各样大大小小十多个地球仪。

"这是一间宝库。"

桌球台旁是乒乓球桌，那一角是整列火车穿山洞模型。

"会动吗？"

"插上电会走动，交通灯都能亮。"

"谁玩这个？"

马古丽摇摇头。"屋里并没有孩子。"

当然还有弹子机与点唱机。

黎子中却没有添置电子游戏机，那不是他那一代心目中的玩意儿。

"黎先生时常下来吗？"

"很少。"

曾经一度，这里一定坐满了爱玩的客人。

如心查看抽屉，只见一格格都放满了火柴盒模型汽车，有好几千个之多。

只是没有如心要找的文字资料或是照片。

一张照片都没有。

"我们到戏院去。"

如心讶异布置之华丽。

深红色地毯，枣红丝绒座位，大红墙纸，水晶灯若干，帘子拉开，一张袖珍银幕露出来。

如心到放映间参观，放映机还是二十世纪六十年代产品，比较笨重。

现在看电影可不必这样麻烦了，添置录影盒带即可。

放映间并没有存放底片，即使有，想必也是古董。

她在宽大舒适的座位上坐下。

马古丽知趣地退出去。

如心一无发现。

黎子中蓄意把所有私人资料全部搬走。

晚年他回到伦敦，想必所有的文件都藏在那里。

她离开了戏院，顺道参观酒窖。

如心对酒一无所知，可是凭常识，也知道这一窖酒价值连城，假使有一日要出售此岛，这批酒大可另外拍卖。

这一切对苗红来讲，一点意思都没有。

她生长在热带雨林中，一道瀑布一朵大红花一只蝉更能叫她喜悦。

如心回到书房。

她握住笔，看着天花板，深深沉思。

马古丽把早餐拿进来，她竟没有听见。

如心在纸上做出这样的推测：

在享乐中，苗红的健康却一日比一日亏蚀。

她曾遭受黎子中无情的讽刺与拒绝，不再提返家之事。

一夜，家乡有消息传来，她父亲去世了。

黎子中十分体贴。"你可要回去送他？"

苗红摇摇头。

"他去得很平静，一直在喝酒，心脏忽然停止跳动，毫无痛苦，我已吩咐下属办事。"

苗红表示感激。

"我可以陪你回去。"

苗红摇头，黯然说："我不想走。"

"你可要想清楚，免得将来后悔。"

苗红却维持原意。"我不走。"

她显得很平静，黎子中有点安慰，也许，她已决意跟定他，随他落地生根。

他取出一只盒子。"打开来看看。"

苗红开启盒子，里面是一只指环，镶着一圈小小钻石。

他解释："宝石连绵不断，这戒指叫永恒指环。"

苗红笑了。

原来外国人也盼望花好月圆，可是，世上没有什么是永恒的。

"请戴上它。"

苗红把它套在左手无名指上，这是她身上唯一的饰物。

黎子中似乎满意了，心情十分好。

苗红神情呆滞，呆呆地看着月亮，只有这月色，全世界看出去都一样。

过了几天，黎家家长急召黎子中。

他知道有要紧事，不与女伴细说，撇下苗红，火速返家。

岛上只剩苗红与他的秘书麦见珍。

一日，在晚餐桌子上，麦见珍实在忍不住问："你为什么不快乐？"

苗红抬起头，呆呆地看着麦见珍，像是没听到她说些什么。

麦见珍说："你来这里难道不是出于自愿？黎子中待你一如公主，为何你脸上少见笑容？我羡慕你，假如我是你，我做梦都会笑出来。"

苗红忽然牵动嘴角，她并不介意麦见珍的直率。

麦见珍说下去："我只希望我是你，那我就是世上最快乐的人。"

苗红面色苍白，双眼憔悴，对麦见珍的话，完全不以为然。

"你为何一直不露欢容，你可知如此令黎子中十分难堪，可是，"麦见珍叹口气，"人们都不知怎的死心塌地爱上折磨他们的人。"

苗红看着麦见珍，仍然不语。

"你对他丝毫不关心，你可知他这次返家，将受到极大责罚？他为了你，荒废事业，疏离家人，引起父母不满。"

苗红终于张嘴轻轻说："我并没有要求他这么做。"

麦见珍大惑不解。"他为何爱你？"

苗红忽然笑了。"你认为他爱我？"

轮到麦见珍愕然。"不然是什么？"

苗红不再言语，不愿与麦见珍谈论她与黎子中之间的事。

麦见珍说："我已向黎先生辞职。"

苗红毫无反应，这也在麦见珍意料中，苗红对于人事变迁毫无兴趣，她的喜悦来自掬起一处有初生蝌蚪的溪水。

"黎先生一回来，我就会走。"

苗红已经离开餐桌走到园子里去。

麦见珍厌恶地看着苗红的背影。"这么会耍手段，这么会玩弄感情。"

苗红什么都没听到,她抬起头,凝望异乡之月。

黎子中回来之后,性格大变,他也开始沉默寡言,麦见珍离去之后,屋内已甚少举行聚会。

黎子中不再刻意讨好苗红。

争吵起来,他的声音很大。

苗红从不与他争执,一日只说一句话:"你现在讨厌我,我可以走了吧?"

黎子中只觉女方同他在一起,没有一天心甘情愿,好像一心一意就是为着要离开他,他抄起一只花瓶朝苗红摔过去。

她应该一转身就可以闪避,但是她没有动,花瓶打中她的额角,她被那沉重的一击打在地上,额角流出血来,花瓶撞到地上,碎成好几块。

苗红不吭一声,手掩住伤口,爬起来奔上楼去。

可以看到血自她指缝间流下,染红半张脸。

黎子中用毛巾包住她的头。"我带你出去看医生。"

她推开他,把自己锁在房中。

她是因那个伤口失血过多感染至死?

不,但是那个撞击真的把她打醒了,她用清水洗净额角,看了看,知无大碍,如能缝上两针当然更好,如不,自然愈合,疤痕也不会太大。

在乡间,孩子们时时跌伤,她司空见惯。

药箱里自然有急救用品可供应用。

那一夜,她旧病复发,呼吸困难,起床找药,发觉抽屉柜内均空空如也。她呼吸渐渐急促,脸色转青,挣扎到门口,打开卧室门,发觉黎子中冷冷地站在门口看着她。

"把喷雾药剂给我!"

他看着她倒地。

她在失去知觉之前听见他轻轻说:"你若要离开我,就得先离开这个世界。"

如心写到这里,蓦然抬起头来。

事实也的确如此吧。

他一直不放她走,即是见死不救。

她已经想走,他就该放开她,如不,就是禁锢。

在那个时代，女性多数柔弱，她又自觉欠他，故不能决意远走高飞。

如心写下去：第二天，他遣散了所有工人，走进房间，看着已无生命的她，尽快处置……

如心放下笔。

就是那样仓促吗？

不，直到用人全部离开了衣露申岛，他还留下来对着她。

"我们很久没有好好说话了。"

他语气十分温柔，一边把瓶子碎片都放进一只盒子里。

"这回你得好好听我把话说完。"

女子当然不会回答。

"我还没来得及告诉你，因我不愿放弃这段感情，父亲一怒已将我逐出家门，我已失去继承权。"

他轻轻叹口气。

"我名下生意已足够维持生活，可是那种被家族遗弃的痛苦，说给你听你亦不会明白吧。"

他落下泪来。

"可惜你从来不曾爱我，或者是我不知在适当时间放手，故此使你对我的一点点感情也消磨殆尽？"

他低着头。

"你已经自由了，我希望你的魂魄会前来纠缠。"

他的眼泪汩汩而下，无法抑制。

马古丽敲门。"周小姐，吃点流质食物。"

如心抬起头来。"什么时候了？"

"太阳快下山了。"

如心吃惊。"不可能，我才写了数页纸。"

马古丽笑笑。"专注做一件事之际，时间过得特别快。"

她把餐盘捧到如心面前。

如心闻到香味。

"请喝口鸡汤，面包是新鲜的。"

如心笑笑，这名女仆善解人意。

她也不多话，随即退出。

如心走到窗前，看着蔚蓝色连成一片的天与海。

也许，应该把盒子交给警方了。

警局人才济济，办事又有组织，当可查个水落石出。

她身后忽然传来一声娇咤："你怎么把我们写成那样！"

"谁？"她转过头来。

苗红一边说一边自外边走进来："在说你，怎么把故事写成一件命案。"

如心凝视她。"我推测错误吗？"

"当然！"

她一双妙目睨着周如心，已经充分表达了她的不满。

如心赔笑。"你怎么来了？"

"你的假设全然不对。"

如心为自己辩护："起码也有三分真实。"

"黎子中怎么会那样对我！"

如心有点惭愧，她摊摊手。"可是用人亲眼看到你们争吵、不和，而他筹备的婚礼始终没有举行。"

苗红的声音又恢复温柔："可是，那不表示他会陷害我。"

如心大着胆子问："你是怎么去世的？"

苗红黯然，不愿提及。

"告诉我，我替你申冤。"

"我没有委屈。如心，你不会明白。"

如心颔首。"你说得对。"轻轻吁着一口气，"我们所知的感情比较理智淡薄，我们也情愿这样。"

苗红双眼看着远处。"你们聪明得多了。"

如心承认这点。"不知怎的，自前人惨痛的经验，学会平淡处理私人感情，坦白讲，我的家人与工作，都比私情来得重要。"

苗红说："所以你不了解黎子中。"

"他把你放在全宇宙第一位吧。"

苗红点头。

如心说："我是很反对任何人对异性那样神魂颠倒的。人生在世，除了男女私情，还有许多重要的事要做。他的条件优越，不表示没有职责需要履行。他的一生，除了恋爱，堪称一事无成。"

苗红讶异。"我真没有想到你会那样想。"

如心笑笑。"我有我的志向。"

"这么说来，你不会长住岛上？"

"当然不会，我继承了姑婆一笔产业，我将升学，毕业后做点事，同时看看这个世界，海阔天空，多认识几个朋友，多走几个地方，时机成熟，才决定是否成家立业。"

苗红愣愣的。"噢，由你安排生命。"

"当然。"如心笑笑，"与你不一样。你是往前走，碰到什么是什么，逆来顺受，一个人一件事，就是你生活的全部，纠缠不已，爱恨交织；我的选择颇多，不妥，即时回头，重新来过。"

"可以吗？"

"现在可以了。"

"为什么？"

"因为我们经济独立，思想独立，我们在事业上吃苦，在感情上得到释放。"

苗红笑了，不知是替如心高兴，还是替她难堪。"烦恼也不少吧？"

"啊，那是另外一个题目了。"

苗红伸出手，想与如心相握，就在这时候，马古丽的声音传来："周小姐，家人找你。"

她进来看见如心伏在书桌上，只得轻轻推她。

如心蓦然醒来，抬头只见银紫色晚霞布满苍穹，壮丽无比，不由得失神凝望。

电话是妹妹打来的。

"姐姐，我们明天出发。"声音异常兴奋。

"我会来接飞机。"

"我与小妹已有好几天睡不着。"

如心也笑。"你们会喜欢这里的。"

"姐，多谢你资助。"

"那么就用功读书，干一番事业。"

"一定一定，对了，许仲智是什么人，对我们好热心，大大小小的事都安排妥当。"

"他，他是我的好朋友。"

"我与小妹会找到那样的朋友吗？"

"放心，大学里有的是人才。"

两姐妹笑成一团。

"父亲同你说话。"

"如心，照顾妹妹。"

"知道了。"

"你几时回来，或是与妹妹们一起？"

"看情形吧，别担心我们，都是大人了。"

两个妹妹叽叽喳喳又说了一会儿才挂上电话。

如心走到窗前，看着晚霞渐渐变为橘红色，太阳要落山了。她轻轻地说："苗红，我们有太多的事要做，并没有时间痴痴等待他人降福给我们，我们尽可能主动争取快乐。"

如心像是听到轻轻叹息之声。

如心拨电话给许仲智。

"猜我在干什么？"

"做功课、默书、罚抄？"

"你初到岛上，一天比一天憔悴，可是最近这几天，你又恢复了神采。"

"是吗?"如心摸摸面孔。

她自知还未完全摆脱岛上疑惑的气氛。

许仲智说:"我在学中文。"

如心有意外之喜。"真的?"

"小时候学过一些,因不了解其中奥妙,轻易放弃,现在追悔莫及。"

"你若肯用功,保证三年之内可见成绩。"

"你看你们三姐妹的名字,如心、如意、如思,多有意思。"

如心一怔。"比这更有意思的还有呢!"

"先从家里开始嘛,对了,你又在干什么?"

如心冲口而出:"苗红说我把结局写坏了,我打算重写。"

小许在另一头沉默一会儿,轻轻问:"苗红?苗红同你说话?"

如心自知失言,立刻噤声。

小许十分焦虑。"如心,我劝你搬出来,停止写那个故事。还有，把骨灰交给警方。"

如心很温和，接着他的话说："然后，把衣露申岛出售给台湾客。"

"讲得再正确没有，那样，连衣露申岛在内，一切可以重新开始。"

"你不想知道当年岛上发生过什么事吗？"

"谁关心，我只关注你的精神状况。"

他讲得十分真挚，如心好不感动。

"我明早就把你接出来，我替你妹妹们在海滩路找到了公寓，大家一起住。"

"不——"

"那岛上气氛对别人无碍，却严重影响你的心绪，你还是离开的好。"

"我不想走。"

"这就是整件事至诡异的地方了。"

"是，我承认黎子中之事特别吸引我，那是因为我见过他，且继承了他的产业。"

小许说："你反正要出来接飞机。"

"我生怕一离开岛，故事的灵感便会淡忘。"

小许取笑她："某大出版社要失望了。"

如心不以为意。

她独自步行到岛的另一面去。

听说，在天气极暖极明朗的时候，站在山坡上，可以看到鲸鱼在远处海面喷水嬉戏。

如心相信衣露申岛如果更名会愉快得多，而那个台湾商人会在此安居乐业。

可以想象那家人大概有五子二女十七个孙儿三条狗四只猫，甚至还是外婆太外婆一起同住。

如心站的山坡大可建一个儿童游乐场，千万别忘了添座音乐旋转木马。

把岛出让，将款项用苗红的名义捐到儿童医院去……

天色渐暗，忽然淅淅下起雨来，如心把风衣拉严密一点，往回走。

只见费南达斯打着伞来找她。

原来世上真有忠仆这回事。

遣散他们之际要好好给一笔报酬才是。

"可想念家乡？"

"当然，小姐，父母子女都在那边。"

回到屋内，马古丽迎出来。"周小姐，无论如何用点晚饭，你来了没多久，眼看瘦了，人家会怪我。"

"谁？"如心失笑，"谁怪你？岛上都没外人。"

"费南达斯与罗滋格斯呀。"

真是，有人就有是非。

如心坐在餐桌上，挑几筷蔬菜，吃了半碗饭，喝了半碗汤，马古丽已经十分高兴。

她回到楼上去，决定把结局重写。

她只开案头一盏小灯，照亮稿纸，把另一个可能性构思出来。

到了岛上，苗红整个人变了。

喝了几杯，兴致一高，可以与客人玩得很疯。

黎子中朋友之中，有一个叫胡宝开的年轻人，特别轻佻，几次三番大声嚷："子中子中，你若同苗红有什么变故，记得第一个通知我，我立刻飞身扑上追求这个可人儿。"

黎子中铁青着脸，以后不再邀请此人，可是胡氏总有办法找上门，不请自来。

黎子中恳求苗红："不要理睬此人。"

苗红眼都不抬。"宝开是聚会的精粹，我喜爱此人，此君能引起你忌妒。"

黎子中说："我并非忌妒，我只怕失礼。"

"那，你就不该同我在一起，我是土女，你是华人，我贫，你富，身份相差十万八千里。"

"你是故意要激怒我吧？"

"我喜欢宝开，他懂得跳舞。"

"你会不会听我一句话？"

"我有哪点不顺从你，我是你身边一只哈巴狗。"

"你完全变了。"

"为着适应环境，我能不变吗？"

"放下酒杯。"

"子中，"苗红觉得悲哀，"你不再对我说话，你只是不住地训我。"

"听我说——"

"除了命令，你还有何话要说？"

"真没想到我们之间的误会一如深渊。"

"果然不出所料，你后悔了，后悔把我搬到这个与我不相配的环境来。"

黎子中不欲再辩，他一生从未试过与人一句来一句去那样争吵，赢了有何可喜。输了更加可悲，两个人终于要分开亦属平常，可是总得维持最低限度的尊严。

他深对这个女子失望。

黎子中把自己关在书房内。

如果她要离去，就让她走吧，他已经厌倦与她理论，这是一个完全不能自立的女子，却妄想力争地位平等，多么可笑。

他外出办事，有时好几个星期也不回来一次，他已不再理会苗红。

他换了一批用人，接受麦见珍辞职，不想在职员面前丢脸。

生活表面上看反而平静下来。

别墅静寂万分，两个人各自进出，互不干扰。

黎子中开始把他的私人物件搬运出衣露申岛。

同时，他亦取消筹备婚礼。

在结束这一段感情之际，他意外地觉得快乐。

他在银行以苗红的名义存进一笔款子，将存折放在她房里当眼之处。

他预备第二天回伦敦去开始新生活。

黎子中承认失败，他是一个商人，投资有点损失，是生意上很平常的事。

他把愤怒与悲哀掩饰得非常好。

傍晚，苗红尚未归来，他问管家："苗小姐到什么地方去了？"

管家据实答："是胡先生的船来接她走了。"

黎子中不语，隔一会儿说："你们休息吧。"

用人退出后，黎子中锁上大宅所有门户。

事后，他不能解释为何心血来潮，坚持要那样做。

是不让苗红进来吗？他已决定把衣露申岛赠予她，这不是原因。

她返来与否，他根本已不再关心，明早他就要离开她。

九点多开始下雪，炉火掩映间，黎子中独自沉思，他想到许多事。

父亲催他回去打理生意，母亲急着要为他介绍糖王刚学成归国的千金，他很快会忘记这个岛上的事。

不知是哪一段木材啪地炸了一声，溅出些许火星，点燃起他的回忆。

他想起第一次见她的情形。

她父亲是厂里一名工人，长住醉乡，她来替她不成才的弟弟求情，低着头，异常苗条的身上只穿一件旧背心与一条纱笼，面容却秀丽无比。

真不明白怎么那样的陋室里会养出如此名娟来。

他问清她的名字和她的环境，答应帮忙，送她回去。

接着几天几夜他都不能忘记她。

于是，他听从了他的心。

黎子中叹口气，回到房里去，那时刚过午夜。

意外地，他睡得很好，午夜听到有人投石子敲窗，才蓦然惊醒。

他没有起床，只是侧耳细听。

"子中，开门，子中。"

他隐约听见有人在屋外叫他。

他转过身子，没去理睬她。

她大可步行到工人宿舍去，直至今晚，他还是主人，他不想开门，免得见了面又大吵一顿。

他闭上眼睛。

她在门外徘徊了相当长一段时间，不停拍门，终于在天亮之际，一切声响归于静寂。

黎子中也再度入梦。

再度醒来，天色已全亮，积雪有一米深，无比皎洁。

黎子中推开窗，看到雪地里蹲着一个人。

他连忙奔下去打开门，看到苗红哆嗦着抬起头来，脸的颜色同雪地差不多。

她轻轻地说："为什么不开门——"

他把她抱入屋内，立刻召医生诊治。

医生劝病人即时进医院治疗。

可是苗红淡淡笑道："我不会离开衣露申岛。"

医生说："可是你旧病复发——"

"你放下药走吧。"

接下来的日子里，他与她都没有再离开。

她的双眼渐渐窝了进去，病情日益加重，可是坚决不进医院，并且叫所有用人放假。

她欢欣地说："终于像开头那样，又只得我们两个人了，我们再也不会争吵。"

的确是，直到生命尽头，她都没有与他再起任何争执。

某一夜，他把她连人带椅搬近炉火边坐。

忽然之间她抬起头。"你怎么把灯关了，眼前漆黑一片。"

黎子中一怔，所有的灯都照旧开着，她是怎么了？

电光石火间，黎子中明白了，苗红双目已失去功能。

他震荡而悲哀地过去扶住她。

苗红仰起头，她也明白了，可是声音仍然清晰："我遵守了诺言，我没有离开这岛。"

"你不必这么做，我已决定让你自由离去。"

苗红叹口气，扶住黎子中的手渐渐滑落。

"记住，"她喃喃说，"以后爱一个人，不要使她觉得她欠你太多。"

黎子中急急俯下身去想同她说话，她已经垂下头。

如心写到这里，丢下笔。

她啊呀一声，伏在书桌上。

马古丽闻声进来，诧异道："小姐，你又写了一个通宵。"

如心抬起头来，马古丽吓一跳。"小姐，我马上送你出去看医生。"

她发高烧，真的病了。

许仲智闻讯立刻过来把她接出去看医生，他倒是没有再责备她。错已铸成，多说无用，先打针吃药把病魔驱走再说。

医生说："无大碍，只不过是疲劳过度，滤过性病毒乘虚而入，休息几天即好。"

小许说："明日我代你去接两个妹妹吧。"

如心点头。

当晚，她在小许家寄宿。

身为地产管理员的他只住在租赁回来的一套公寓中。

一般土生儿都是如此没个打算，社会福利好，无须为将来担心。

"我就在客厅打地铺，你有事叫我即可。"

如心刚躺下，又跳起来。"盒子，我忘记把那个盒子也带出来。"

"没有人会碰那个盒子。"

"唉，仲智你不知道——"

许仲智忽然提高声音，大喝一声："还不快休息！"

还真管用，周如心立刻回到床上，熄灯睡觉。

如心并没有即时入睡，床太小，且有若干弹簧已经损坏，睡在上面并不舒服。

如心想送他一张床，随即又觉可笑，女人怎么可以送床给异性朋友？

那么，索性送他一套家具吧，他的沙发也好不到什么地方去，都是房东连公寓出租的吧，已经破破烂烂。

可是如心很清楚他不会接受。

第二天，热度退却，如心要求去看一看两个妹妹下榻之处，小许知道她不放心，嘱咐她多穿件外套，驾车前往。

公寓在海滩路，拐一个弯就是市中心，非常方便。簇新建筑，打开门，只见完全新装修，乳白色地毯家具，浴室里日常用品一应俱全，一件不缺。

如心十分满意。"太周到了。"

"敝公司有专人服务，只收取些许费用。"

"暂时是租的吧？"

"如果满意，可以买下来。"

如心看着他，笑笑说："你那么会替客人打算，自己有否投资呢?"

许仲智搔搔头皮,答不上来。

如心笑。"这叫作卖花姑娘插竹叶。"

小许耸然动容。"形容得真确切!"

如心推开窗户,客厅对着英吉利湾的海滩,已有弄潮儿聚集,她知道妹妹一定喜欢这里。

红尘

陆·

忘不了？

许多必须自救的人把更难忘记的人与事都丢在脑后，

埋进土里。

"我们去接机吧。"

"医生嘱咐你好好休息。"

"怎么可以不去，妹妹们会怎么想，她俩才第一次出远门，姐姐就搭架子不来接机，我又刚继承了遗产，更加会被误会是目中无人。"

"噫，你确有为难之处。"

"接到她们再说。"

"我扶你。"

如心掩嘴笑。"我这就成为老太婆了。"

幸亏飞机抵境一小时后两个妹妹就步出海关。

如心笑说："脖子都等长了。"

两个妹妹见到姐姐有点羞涩，像见到长辈一样。如心自小跟姑婆生活，不大与妹妹厮混，也难怪。

回到公寓，大妹立刻拨电话回家报平安。

小妹对陈设赞不绝口："真好，两个人两个卫生间，不用争。"

如心已经很累，放下一点现钞，便打算回去休息。

大妹想起来："姐，你住什么地方？"

如心微笑。"办妥入学手续，带你们去看。"

她俩向许仲智道谢。

小许教大妹："第一件事是考个驾驶执照。"

"我有国际执照。"

"转角有家租车公司……"

如心问二妹："爸妈都好吧？"

"很好，不过会挂念我们。"

那边小许已嘱咐完毕。"可以走了。"

如心说："怎么好叫你又睡地板，我还是回衣露申吧？"

　　小许顿足："我就是怕你生活在幻觉中。"

　　如心抬起头："如果真可以与烟火人间脱离关系，想必无忧无虑。"

　　小许说："所以我十分庆幸两个妹妹来找你，逼着你回到真实世界来。"

　　"你看她俩多高兴。"

　　"我不想你在病愈之前回到岛上，身子虚弱之际更易精神恍惚，胡思乱想。"

　　如心却抬起头。"说不定会有新的灵感。"

　　"实验室的朋友上官问我有否新发现。"

　　"毫无进展。"如心无奈。

　　"来，我带你去看房子。"

　　"我这会儿哪里还有精神，叫罗滋格斯来接我吧。"

　　小许讨价还价："明天再走。"

　　如心只是笑。

　　"我知道，"小许颓然，"你嫌蜗居简陋。"

　　"你明知我不是那样的人。"

"是衣露申岛在呼唤你？"

"可以这样说，那岛确有一种魅力。"

"我陪你回去。"

"仲智，这些日子来你拨出的时间……容我付你薪酬。"

"我不等钱用。"

如果每个人都这样说，天下就太平了。

大妹耳尖，已经听到他俩部分谈话。

"岛，什么岛，我们也要去。"

"姐，你可没说你住在一座岛上。"

"这是怎么回事，快让我们去观光。"

如心笑。"你们不用办正经事吗？"

"唏，大可押后待周末后才办。"

"那样，就一起来吧。"

两个妹妹欢呼起来。

下午，他们随罗滋格斯与马古丽返回岛上。

两个仆人一出现，大妹就吓一跳。

立刻同姐姐说："怎么皮肤那么黑？"

如心劝说："不得有种族歧视。"

"看上去好不诡异，姐，你不怕？"

"他们人非常好。"

"噫，我就不习惯。"

二妹问："水路要走多久？"

"一个多小时。"

"来往岂非要半日？太费时了，多不方便，姐，还是搬出来住好，我们那公寓位置才一流。"

小许轻声说："她们不喜欢孤岛。"

如心点点头，真是甲之熊掌，乙之砒霜。

两个妹妹一向爱热闹。

到了岛上，她俩更加讶异。"一整座岛上只得一家人？那岂非叫天不应，叫地不灵，哗，发生什么事都没人知道！"

如心介绍："风景极佳——"

大妹吐吐舌头。"是仙境也不管用，我最怕与世隔绝。"

"像中古时期的修道院。"

如心没想到她们会如此反感，大表意外。

她俩甚至不愿参观游览，表示想立刻离去。

如心啼笑皆非。

"姐姐，你也不宜久留。"

"我不怕。"

"一个人待久了会造成性格孤僻，姐，你本来就太沉静，更不宜独处孤岛。"

小许赞曰："言之有理。"

"你们走吧，我要休息了。"

"那不行，没人陪你不好，这样吧，"妹妹做牺牲状，"我们留宿一夜，明早即走。"

如心只得笑。

这两个妹妹性格开朗活泼，与她沉静的性格恰成对比。

傍晚，在饭桌上，大妹抱怨："太静了，耳畔嗡嗡响。"

住惯地窄人多的都会，天天受噪音骚扰，久入鲍鱼之肆，一旦静寂，反觉突兀。

如心找来一台小电视机，开启制造些声响。

二妹又咋舌。"姐也太信人了，陌生人做的饭菜，就这样吃进嘴里？"

可是，如心从来没想过要怀疑什么人心怀不轨。

大意有大意的豁达。

"爸千叮万嘱，叫我们出门要防人。"

如心附和："爸的话自然有道理。"可是她自幼跟姑婆生活。

她俩吃了很多，又赞菜可口。

然后才上楼更衣。半晌不见她们下来，如心上去看，只见两个人倒在同一张床上，已经和衣睡着了，连鞋子都没脱下。

小许找上来，看到这情形，也不禁笑了，他替她们轻轻掩上门。

如心说："年轻就有这个好处。"

许仲智讶异。"为何老气横秋，你又不是她们长辈。"

如心笑。"你也去休息吧。"

"是，太婆。"

如心也回到房间去，这时忽然起了风，树叶被劲风吹得像浪一样起伏，隔着窗户都可听到沙沙声。

如心躺在沙发上，双臂枕在头下。

这个岛由一人独享未免太过自私了。

她闭上双目。

如心转了一个身，暗暗好笑，真没想到三姐妹都疲懒如猪，也不卸妆沐浴更衣，倒下来就睡。

"如心，如心。"

谁，谁叫她？

"如心，只有你才可以在这岛上睡得那么安稳。"

如心知道这声音属于谁。

"黎先生。"她自沙发上坐起来。

年轻的黎子中笑吟吟看着她。

如心忽然问："假使我把岛出让，你会不高兴吗？"

"已出之物，我不会关心，岛属于你，由你处置。"

如心又问："三十年前，岛上到底发生了什么事？"

黎子中只是微笑。

"我写的故事你可觉得荒谬？"

"我极少关注别人怎么看我与说我。"

如心由衷佩服。"我希望我可以像你。"

"你没有必要练这种功夫。"

"黎先生，你来找我有事？"

"不，没有重要的事，我只是来探望新岛主。"

"将来，我若将岛出让，你还会出现吗？"

黎子中失笑。"我不会探访陌生人，相信你也不会。"

如心放心了。

"如心，你所要的故事，不久会有新发展。"

"什么？"

"你很快会知道真相。"

"真的？"如心兴奋得跳起来。

黎子中走到窗前。"噫，天亮了，你该起来梳洗了。"

如心点头。"说得是，一会儿马古丽会来敲门。"

话还没说完，门已经咚咚咚敲响。

如心转过头去说："进来。"

两个妹妹哈哈笑，推开门，走近如心身边。如心闻到一股清香，她俩已经打扮过。

如心伸个懒腰。"该我了。"

"姐，向你借衣服穿。"

"请自便。"

打开衣柜一看，十分失望。"只得这些？"

"去买好了。"

二妹雀跃。"这里流行什么样服饰？"

如心在浴室，她精神已经恢复了七八成。"到市中心一看不就知道。"

两个妹妹巴不得立刻飞到时装店去。

这个衣露申岛，送给她们都不会要。

如心尽最后努力。"趁这个早上，要不要沿岛走一圈？"

妹妹们你看我，我看你，一起摇摇头，心意相通。"我们对大自然没兴趣。"

"既然来了——"

"船是不是随时可以起航？"

如心只得笑笑说："没问题。"

一行人走向码头。

一路上落花飞舞，二妹踢起地上花瓣。"真是十分诗情画意。"

许仲智问："那么，为何不多住几天？"

她们笑。"我们是凡夫俗子，喜欢人间烟火。"

看到新款时装，双眼发光。

看中时髦的背包，可是价钱也令她们咋舌。

如心见她们把背包拎在手中恋恋不舍，便说："一人一个买下来呀。"

她俩如释重负。"对，差点忘了姐姐现在有钱。"

许仲智吁出一口气。"这是我一个月的薪水。"

如心笑说："一年才买一次，不要紧。"

"你呢，"小许问，"你怎么不要？"

如心摇摇头。"我不适合用这些东西。"

小许像是放下心头大石，看着如心的目光更为欣赏。

如心与小许坐在商场的长凳上等两个女孩挑选衣服。

如心小心翼翼地问："昨夜，你有无梦见什么人？"

"我不明你指谁？"

"你有没有见过黎子中与苗红？"

许仲智讶异地说："如心，他们已不在人世间。"

"这我也知道。"

"那为何仍出此言？"

"他们可曾入梦？"

"从来没有，而且即使入梦，我也不会认识他们，我从来没见过黎子中。"

如心不语。

"你的精神恍惚，日有所思，夜有所梦。如心，我担心你的状况。"

如心仍然不出声。

许仲智摊摊手。"你果真梦见黎子中？"

如心颔首。"他说，我们很快会知道事情真相。"

小许抬头。"她们出来了。"

两个妹妹拎着大包小包，十分夸张。

"姐姐，我们吃日本菜去。"

如心跟着她们走，一边问许仲智："谁会来把真相告诉我们？"

小许还来不及回答，两个妹妹一人一边绕住如心的手臂。"姐姐你对我们真好。"

小许不语，好人易做，只需无条件付出金钱、时间，自然是亲友心中最好的人。

那天晚上，如心与妹妹闲话家常，许仲智的电话来了。"如心，我十分钟后上来。"

大妹正把买回来的衣服一件件试，在镜子前面打转，如心扔下她们，跑到楼下去等许仲智。

一定有急事。

片刻，小许的车驶到门前。

如心拉开车门，坐到许仲智身边。

小许说："如心，我在三十分钟前接到一通电话。"

如心看着他，等他把详情说出来。

当时电话铃响，小许放下报纸去接听。

那一边有女声问:"是谁要与衣露申岛上的旧员工联络?"

小许连忙回答:"是黎子中先生的朋友周如心小姐,周小姐此刻是岛主。"

那边啊的一声。

"你是哪一位?"

"我是黎子中的侄女黎旭芝,家父黎子华是他堂弟。"

小许大为意外。"你是谁?"

对方听到他那讶异的声音,也十分意外,故问:"你没有事吧?"

小许镇定下来。"黎小姐,你在何处?"

"我在温哥华访友,朋友把一段剪报交给我过目,他们都知道衣露申岛从前是伯父的产业,故此我打电话来问一问是什么事。"

小许吞下一口涎水。"黎小姐,可以出来见个面吗?"

"可以。"非常爽朗。

"我来接你。"

"不用,我们下午五时在城中心王子酒店咖啡座见面。"

如心听了，张大嘴。"黎子中的侄女？"

"是，如心，他离开衣露申岛后的事情我们可以得知详情了。"

如心发一阵子呆，然后说："他讲过的，他说我很快会得知真相。"

"来，我们马上去见黎小姐。"

他们到了咖啡室，比约定的时间早，左顾右盼，等伊人出现。

终于如心说："来了。"

小许问："你如何辨认？"

"看。"

小许转过头去，也承认道："是她了。"

门外出现一个身段高挑的女郎，容貌秀丽，戴宽边草帽，穿淡红色夏裙。

她似乎也一眼就把周、许二人认出来，笑吟吟走近打招呼："我是黎旭芝，你就是新岛主？"

如心连忙说："幸会幸会。"

她坐下来，摘下帽子。"黎子中是我伯父，家父是他的堂弟。"

如心觉得她那双聪明闪烁的眼睛有三分似黎子中。

倒是她先发问："你不是真住在那座古怪的岛上吧？"

如心一怔。"为什么用古怪二字形容它？"

黎旭芝笑笑。"人是群居动物，无论哪个孤僻的人，都还有三两知己，怎么可能长年累月独居岛上？"

"据我所知，黎子中有一位红颜知己。"

黎旭芝颔首。"我也听说过。"

"黎小姐，我很想知道关于衣露申岛上的往事。"

"我希望我可以帮你忙，可惜我也是听父母间歇说起这位伯父的事情，他们说他一表人才、胆识过人，可是为情颠倒，终身不娶，下半生处于隐居状态，不大见人。"

"你最后一次见他在何时？"

"在他病榻边，他一共有二十三个侄子侄女，均得到他的馈赠，他非常慷慨。"

如心不住点头。

"我们都庆幸没有得到那座岛，否则就踌躇了，卖掉，大为不敬，留着，又没有用。"她笑。

想法与如心两个妹妹完全相同。

如心说："你没有见过黎子中的红颜知己吧？"

年纪不对，苗红去世之际，黎旭芝尚未出生。

谁知意外之事来了，黎旭芝笑笑。"我见过，她叫苗红，是不是？"

许仲智大奇，忍不住问："你怎么会见过她？"

"大家都住在新加坡，伯父曾托家父照顾苗女士，苗女士的女儿崔碧珊是我在新大的同学，我念商科，她念建筑。"

周如心张大了嘴。

"周小姐，你为何讶异？"

如心结巴地说："我……以为苗女士早逝。"

"苗女士七年前去世，依今日标准来说，六十未到，并不算高寿。"

"可是她来得及结婚生子。"

"那当然，崔碧珊与我同年。"

如心大力吁出一口气，十分怅惘。唉，事实与想象原来有那么大的距离。

他们在分手之后竟各自生活了那么久。

如心反而难过起来。

这种情形看在黎旭芝眼内，大是讶异。"周小姐，你与我伯父可有特殊关系？"

"没有，说来你或许不信，我只见过黎先生两次。"

"不稀奇，他行事时时出人意料。"

许仲智放下心中一块大石。"可是黎先生心地甚好？"

黎旭芝点头。"说得很对。"

如心问："崔碧珊小姐现居何处？"

"碧珊已经毕业，在新加坡工作。"

"我好想与她联络。"

黎旭芝笑笑。"周小姐，往事不用提起。"

如心却心酸了。

是，原应忘却一切，努力将来，不要说是前人之事，就算个人的事，也是越快丢脑后为妙，不能往回想或回头看，可是如心偏偏做不到。

黎旭芝十分聪敏，看到如心如此依依，知她是性情中人，便轻轻说："我想先征求碧珊同意，才安排介绍给你们。"

如心说："谢谢。"不知怎的，声音哽咽。

许仲智问黎旭芝："你要不要到岛上去看看？"

黎旭芝摆摆手。"我不要，别客气，我是那种住公寓都要拣罗布臣大街的标准都市人，我对荒岛没兴趣。"

如心被活泼的她引得笑出来。"可是，那不是一座荒岛。"

黎旭芝做一个鬼脸。"还有个文艺腔十足的名字叫衣露申呢，我一向对此名莫名其妙。我觉得人生十分充实，种瓜得瓜，种豆得豆，种苦瓜得苦瓜。"

如心不知说什么才好。

"伯父对周小姐的印象一定十分好，否则也不会把他心爱之物留给你。"

如心到这个时候咳嗽一声。"黎小姐，你可懂中文？"

黎旭芝答："我懂阅读书写，不过程度不算高。"

如心说："这沓原稿由我撰写，请你过目。"

黎旭芝大奇。"你是一名作家？"

"不，我只是试着写黎子中与苗红的故事。"

"可是你只见过他两次！"她想起文人多大话一说。

"所以想请你补充细节。"

"好，"黎旭芝说，"我会马上拜读。"

"你将在温哥华逗留多久？"

"下星期三就走。"

"多希望你可以到岛上住一两天。"

黎旭芝视为畏途，只是笑，不肯答应。

如心只得作罢。

她仍然回到妹妹的公寓去。

一路上非常沉默，不发一言。

许仲智笑道："你的推测有失误。"

是，岛上并未发生过谋杀案。

"你猜测苗红在岛上去世，是因为那盒子吧？"

"是，盒子里明明盛着她的骨灰。"

"如今看来，未必是她的骨灰。"

"有证人指出那确是她的永恒指环。"

"那么，那骨灰是烧后才被移到岛上。"

如心颔首。"看情形是。"

两个妹妹兴高采烈要去格兰湖岛吃海鲜，如心最不爱游客区，愿意留在家中。

许仲智最坦白不过。"你姐姐去我才去，姐姐不去我也不去。"

两个妹妹哗然。

小许笑。"咄，若连这样都办不到，还配做人家伴侣吗？"

两个妹妹啊一声又挤眉弄眼起来。

如心此时倒开始有点欣赏共聚天伦的热闹。

就在此际，电话铃响了。

许仲智一听就叫："如心，快来，是黎旭芝。"

黎旭芝在那头开门见山地说："如心，我把你的作品看过了，写得很好，不过真实结局却不是那样的。"

"我现在也知道了。"

"结果是他们和平分手，苗红返回新加坡结婚生子，生活得很好，一直住在乌节路一幢公寓里，丈夫很爱她，他是个有名望的律师。"

如心称是。

"你写得比较悲观。"

"爱情故事是该落得怅惘的吧？"

"也不是，我喜欢大团圆结局。"

"可是黎子中与苗红最后也并没有结婚。"

黎旭芝比较世故。"有几对情侣可以有始有终？这便是生活，我觉得他俩的结局已经不错，有若干个案，简直不堪入目。"

"说来听听。"

"要不要出来谈谈？"

"现在？"

"我介绍一个人给你认识。"

如心纳罕。"谁？"

"崔碧珊。"

"她此刻在温哥华?"如心惊喜交集。

"我就住在她家里,她愿意与你见面。"

哗,都来了!

"我们在家等你,你到乔治亚西街一〇三一号十五楼A来。"

如心挂了电话,立刻要出门。

妹妹说:"这样吧,你们去访友,我俩去吃阿拉斯加蟹王。"

四人一起出门。

一路上如心异常紧张,看样子小说结尾又需重写,不过见到崔碧珊之后,一定可以获得最真确资料。

到了门口,小许轻轻说:"这是可以俯瞰全市景色的豪华住宅。"

一按铃就有人出来开门。

黎旭芝笑说:"大驾光临,蓬荜生辉。"

她中文底子比她谦称的好得多了。

宽敞客厅另一角有人迎出来。

如心一抬头，呆住了。

这不是苗红还是谁？同她梦见过的女郎一模一样！鹅蛋脸，大眼睛，长发绾在脑后，身穿纱笼。

她走近，对着如心笑，如心更确定是她，冲口而出："苗红！"

那女郎伸出手来相握。"你见过家母？"

如心已知失态，可是仍然目不转睛凝视崔碧珊：像，外形如一个模子刻出，可是神态不似，崔碧珊活泼，异常爽朗。

大家坐下，黎旭芝斟出饮料，顺手拉开窗帘，市中心的灯色映入眼帘。如心暗暗叹息一声，差不多半个世纪已经过去，物是人非。

崔碧珊先开口："听旭芝说你对家母的事有兴趣？"

"是。"

"何故？她不过是一个平凡的妻子，一个普通的母亲。"

如心清清喉咙："可是她同黎子中的关系——"

崔碧珊失笑。"人总有异性朋友吧。"

"是——"如心十分怅惘。

崔碧珊笑意更浓。"你希望她嫁给黎子中。"

如心大力点头。

黎旭芝也笑。"为什么？我伯父个性比较孤僻，很难相处，做他终身伴侣，不一定幸福。"

崔碧珊补一句："我父母相敬如宾，我认为算是对好夫妻。"

如心俯首称是。

崔碧珊一直含笑看着她。

如心说："没想到你们两家一直有来往。"

黎旭芝与崔碧珊相视而笑。"也许因为新加坡面积小，更可能是因为我俩谈得来。"

如心问："有照片吗？"

崔碧珊站起来，到卧室片刻，取出一只银镜框。

如心接过看。

照片中母女宛如姐妹，紧紧搂着肩膀。

"可有托梦给你?"

崔碧珊轻轻摇头。"没有。"

看样子她也爱热闹，心静与独处的时间比较少，故此难以成梦。

崔碧珊说："听说你继承了衣露申岛。"

"那岛应由你做主人才对。"

崔碧珊大惊。

"不敢当。"她笑笑说，"周如心你温婉恬静，才配做岛主人。"

如心大奇。"为何你们对衣露申岛一点好感也无?"

她俩异口同声："怕寂寞呀!"

如心低头不语。

黎旭芝笑说："如心的气质都不像现代女性。"

"所以她才是适当的继承人。"

"伯父一定也看到了这一点。"

许仲智到这时才说："如心确是比较沉静。"

如心问："她一直很快乐?"

崔碧珊答："相当快乐。"

"有无提起往事?"

"极少。"

黎旭芝说："分手后,伯父亲自把她送返新加坡,二人并无交恶,伯父一直讲风度,胜过许多人。"

如心答："是。"

她听说有很坏的例子,像分手时男方生怕女方纠缠,躲得远远,视作瘟疫,待女方扬名立万,男方又上门去赊借……还有,男方先头百般觉得女方配不起他,又不争气,结果潦倒给女方看……

这个时候,许仲智轻轻说："我们该告辞了。"

如心也觉得再也不能查根究底。

"我送你们。"

"不用客气,我认得路。"

仍然送到楼下。

这时,如心又觉得崔碧珊并不太像苗红了。

许仲智说："外形是她像,气质是你像。"

"你怎么知道，你又没见过苗红。"

"可以猜想得到。"

"那骨灰——"

"很难问出口：'喂，令堂骨灰怎么会到了衣露申岛上？令尊会允许这种事发生吗？'"

如心为难。"所以人与人之间永远存在着隔膜。"

小许忽然表态："我与你肯定什么话都可以说。"

如心笑。"是，此言不虚。"

小许接着说："我们真幸运。"

二人又添了一层了解。

如心说："崔碧珊未能畅所欲言，也难怪，我若是她，我亦不愿向外人披露母亲生前曾念念不忘一个人。"

许仲智说："或许，她已经忘记他。"

"不！"如心坚决地说，"她决不会忘记黎子中那样的人。"

许仲智不欲与她争执。

忘不了？许多必须自救的人把更难忘记的人与事都丢在脑后，埋进土里。

许仲智从不相信人应沉湎往事抱着过去一起沉沦。

不过他不会与周如心争执。

"我送你回去。"

回到公寓，两个妹妹还没有回来，如心找到了笔与纸，立刻写起来。

该回到哪一天去？

对，就是她病发那一日。

她忽然清醒了，有点像回光返照，平和地对黎子中说："让我们分手吧，这样下去，拖死彼此，又是何苦！"

黎子中知她不久将离人世，心如刀割，轻轻说："一切如你所愿。"

"我想离开这岛。"

"你的情况不宜挪动。"

"让我到医院去，那是个不会连累人的地方，日后你在岛上生活，也不会有我死亡的阴影。"

"可是你一直不愿去那里。"

她握住他的手。"可是现在时间到了。"

"我去叫救护直升机。"

她吁出一口气，双眼闭上。

他一震，以为她已离开人世。

可是没有，她尚有鼻息。

黎子中照她意思通知医护人员。

急救人员来到岛上，一看情形便说："先生，你应该早把病人送到医院，她情况很危险，你需负若干责任。"

黎子中一言不发。

他一直守在病人身边。

她度过危险期，返回人间，渐渐在医院康复。

他一直陪着她。

她说："现在我才真的相信你是个好人。"

他不语，只微笑。

"假如我说我仍想离去，你会怎样做？"

黎子中答："我答应过你，你可以走。"

她很感动。"你只当我在岛上已经病逝好了。"

黎子中摇摇头。"我会采取比较好的态度，让我们维持朋友的关系。"

她凄然笑。"经过那么多，我们还可以做朋友？"

黎子中握住她的手。"我相信可以，告诉我，你打算到哪里去？"

"回家。"

黎子中颔首。"我知道你一直想家。"

她渴望地说："去扫墓，去探访亲人。"

"我派人照顾你，我堂弟是个可靠的人。"

"不，让我自己来，让我试试不在你的安排下生活。"

"你不怕吃苦？"

"子中，或者你不愿相信，这几年来，即使衣食无忧，我仍在吃苦。"

"对不起，我不懂得爱你，我没做好。"

"不，是我不懂接受你的爱，错的是我。"

在分手前夕，他们冰释了误会。

他送她返家。

见到父母，老人面色稍霁，早已接到风声，知道他与土女终于分手。

"你留下来吧。"

"不,"他厌倦地说,"我回伦敦,我比较喜欢那里。"

老人讥讽他:"幸亏不是回那座荒岛终老。"

"那不是一座荒岛。"

"无论你怎么想,将来我不会逼你继承祖业,你也最好不要让姓黎的人继承那岛。"

黎子中笑了。"请放心,我可以答应你们,你们所担心的两件事都不会发生。"

他与父母的误会反而加深。

苗红回到家乡,与弟弟相认。

他已经结婚,年纪轻轻的他是两个婴儿的父亲。

看到姐姐,只冷淡地说:"姐姐,你怎么回来了?"

弟媳却道:"姐姐,我们还想到加国去跟你入籍呢。"

他们并不是不欢迎她,可是见了她,也没有多大喜悦。

在弟弟心中,她已是外人。

苗红这才发觉,在家乡,她并没有多少亲友。

她找到亚都拿家去。

有人告诉她："搬了，搬到邻村去啦。"

她并不气馁，终于找到她要见的人。

他现在管理一家木厂，接到通报，出来见客。苗红一眼便知道是他，他比起少年时粗壮不少，蓄着胡髭，穿着当地服饰。

猛一抬头，看见一位打扮时髦，剪短发的美貌女子，不禁一愣。

苗红含笑看着他。"你好，亚都拿。"

亚都拿不敢造次。"找我有什么事，小姐？"

苗红这才知道他没把她认出来。

她也意外地愣住。

不知怎的，她没有说她是谁，她希望他可回忆起她，故此搭讪地轻轻说："你继承了木厂。"

亚都拿愕然，这是谁，怎么知道他的事？

"结了婚没有？"

亚都拿只得按住疑心，回答说："结了。"

"新娘是华人？"

"确是华人。"

他仍不复记忆，苗红见已经拖无可拖，只得黯然道：
"祝你们幸福。"

亚都拿追上来。"小姐，你是谁？"

苗红没有回答，悄悄上车。

亚都拿到那个时候，依然一头雾水，莫名其妙。谁？
他摸着后脑想，那女子是谁？

厂里工人叫他，他知道有急事待办，便把外头的人与
事丢在脑后。

苗红上了车，司机问："小姐，去何处？"

半晌，苗红才回答："去城里。"

这时，她才知道黎子中对她有多好。

而年轻的她，因为一切来得太易太快，觉得一切均理
所当然，并且，太多的爱令她窒息。

她到律师楼去签房屋买卖契约。

崔律师出来招呼她。

她抬起头，问那年轻英俊的律师："你是受黎子中所托，还是真心照顾我？"

那年轻人知道机不可失，小心翼翼回答："我第一眼见你就知道，你是我心目中理想伴侣。"

苗红笑一笑。"只怕你会失望。"

崔律师说："你放心，我并不是一个喜欢幻想的人。"

他没有把她当公主看待。

也不认为她是任何人的附属品。

他带她见朋友、看电影、跳舞、旅行……像普通人对待女朋友一样。

可是苗红已经感激得不得了。

最要紧的是，她的事，他全知道，不必她选一个适当的时候，深深吸一口气，一五一十地告诉他，然后等他的反应，看他是否会原谅她。

翌年，他们就结婚了。

仪式十分简单，她只邀请了弟弟一家观礼。

她听到弟弟说："姐姐总算嫁了一个理想丈夫。"

弟媳说："姐姐长得美。"

"不，好多人长得更美都没她那么幸运。"

苗红一怔，她幸运吗，至少在旁人眼中的确如此。

她并不介意他人怎么想。

过了些日子，她见到了黎子华。待崔君走开了，她轻轻问："他知道我的事吗？"

"他知道。"

"他有无说什么？"

"没有。"

苗红低下头，没有表情，嘴角却带微微一丝笑。

"他只叫我看看你是否还戴着那枚指环。"

苗红伸出左手。

黎子华看到那只戒指仍在她无名指上，甚觉安慰，他可以合理地回复他了。

"对，我也有一个好消息告诉你。"

苗红抬起头来。"快说，世上甚少好消息。"

"我明年二月就要做父亲了。"

"子华，"苗红由衷地高兴，"真是太好了。"

写到这里，有人开门进来。

"姐姐，你还没睡？"

如心握着笔没好气地转过头去笑问："你们又睡了吗？"

"姐姐，"两个妹妹说，"你脸色苍白，还不快去休息。"

如心说："你们何尝不是熊猫眼。"

"姐姐比从前更伶牙俐齿。"

"还不是跟你们学的，不保护自己行吗？"

大妹点头。"看，多厉害，我们可放心了。"

"什么？"如心大奇，"你们曾经为我担心过？"

"当然，"小妹抢着说，"曾经一度，你的言行举止似某小说家笔下的女主角，简直不像活在真实的世界里，后来，又跑到一个梦幻岛去居住，多可怕。"

如心笑了。

衣露申可不是梦幻岛，那里每个雇员都得定期发薪水。

如心又提起笔。

大妹把笔收起。"今天到此为止。"

"喂喂喂，别打岔。"

二妹已把灯熄掉，索性在黑暗里更衣。

"姐，有你替我们安排，真幸运。有些同学，先得打几年工储钱才能升学，一针一线靠自己，家人不闻不问，根本不理他们前途，动辄泼冷水，说什么量力而为是人间美德之类，多苦。"

如心微笑。"可是如果把你们当婴儿那样照顾，你们一定会反抗。"

"说得也是，有些同学的父母实在太周到，老是不放手，孩子穿什么颜色的衣服都编排好不得违命，一切为他们好，非得读医科弹钢琴娶表妹不可，真要命。"

如心在黑暗中笑出来。

妹妹感喟："至少我们有瞎闯的自由。"

"是，成功与否并不重要，过程有趣即不枉此行。"

"不过姐姐放心，我们一定会毕业。"

没有回音。

"姐姐，姐姐？"

"她已经睡着了。"

"姐姐一直在写什么。"

"不知道,某一个故事。"

"她可打算与我们一起开学?"

"可能另有打算,她现在那么富有,不必走平常人走的路,做普通人做的事。"

"许仲智最好的地方是把她当普通人。"

"那是因为姐姐个性好,丝毫没有把自己视为不平常。"

"他们会结婚吗?"

"言之过早。"

"我恐怕要到三十过后才会论婚嫁。"

"谁问你!"

"唉,真好,现在不大有人问女孩子几时结婚了。"

"以前有人问吗?"

"妈妈说从前打十七岁开始就不住有亲友殷殷垂询。"

"关他们什么事?"

"同缠足一样,是种不良习俗。"

"此刻都蠲除了。"

终于，两个人都睡着了。

如心睁开双眼。

她微微笑，从前一直没留意妹妹们的意见，老觉得她俩喧哗幼稚。

已经不知不觉地长大了，说话甚有高见。

真是，自苗红那一代至今，女性所承受的压力已转了方向。

以前，嫁得好是唯一目标，那人最好事业有基础兼爱护妻儿，次一等，老实人也可以，如不，则是女方的终身烙印。

三十年后，像妹妹她们，首先关心自己的事业，能不能在社会上占一席位，可否受人尊敬，能够去到何种地步……

婚姻则随缘，可有可无，有的话一样珍惜，没有也一样高兴。

如心悄悄走到客厅，开亮灯，摊开纸笔，继续她的故事。

刚才写到什么地方?

啊，对，黎子华翌年要做父亲了，他的孩子就是黎旭芝。

苗红没想到半年后她也获得喜讯，她为女儿命名崔碧珊。

两个母亲都决定亲手带孩子，环境相似，故此十分亲近，时常互相交换意见与心得。

孩子第一声笑，第一句开口说话，第一次开步，都叫母亲惊喜，孩子每一个小动作都令她们着迷，他们自成一国，有独立的语言，不足为外人道，她们已不再关心世上其他大小事宜。

她俩时常约到公园小坐，两个孩子一起上学、学弹琴、补习算术。

过去仿佛不再存在。

她真的通通忘记了吗?

没有人看得出来。

崔氏在事业上异常成功，名利双收，苗红日子过得很称心。

过一阵子，她偶尔自丈夫处得知他许多生意因黎家介绍而来。

她向子华道谢。

子华诧异："不，不是我，是子中，你不知道吗？"

是黎子中。

半晌，苗红问："他好吗？"

"此君是做生意的天才，无论是哪一行，一点即通，一通即精，他名下此刻有十八间商号，间间赚钱。"

"他仍然独身？"

"是，他说婚姻生活不适合他，他自认与人相处是他最弱一环，他手下千余人，发号施令惯了，很难与人平起平坐。"

"他快乐吗？"

"我看不出有什么原因会不快乐，运筹帷幄的满足感极大，他社会圈又宽阔。"

"女朋友呢？"

"当然也有女友，没介绍给家人认识。"

苗红微微笑。"知道他无恙真是好。"

"他也这么说。"

"是吗？子中也问起我？"

"自然，问孩子像不像你。"

"很像，"苗红笑笑说，"什么都平平，无突出之处。"

"那不好吗？最好是那样。"

苗红不语，嘴角仍含笑意。

生育后她胖了一点，面容不失秀丽，可是子华就看不出，为何堂哥会为她那样颠倒。

"也许，"他说，"大家可以见个面。"

苗红摇摇头。"不，让他留个好印象吧，我现在就是个带孩子的女人。"

子华不以为然。"肯在家带孩子的女子最美。"

"你肯这样讲，做你妻子最幸福。"

子华真是个好人。

苗红与黎子中并没有再见面，他浪迹天涯，她守在家里，两人生活在完全不同的世界里，若无刻意安排，很难碰面。

孩子们大了，成为好朋友。

苗红对子华夫妇说："我自幼最想有一个固定的住所，宽大、舒适，永久地址，到了成年，仍可找到某墙角孩提时涂鸦的痕迹。"

"我们那一代是较为离乱。"

"可是碧珊听见同学们搬家就问我们几时也搬，她贪新鲜。"

"小孩子嘛，就是这样。"

"人都是如此吧，没有什么想什么。"

"你呢？"子华问，"你也认为得不到的最好？"

"不，我很珍惜现状，千金不易。"

子华夫妇交换一个眼色，十分宽慰。

是夜，苗红半夜惊醒，耳畔像听到音乐。

她自床上起来，推开窗户。

噫，奇怪，窗下不是车水马龙的大街，反而是一个泳池。

树影婆娑，人影幢幢，有人叫她的名字。

她觉得她是浓烈被爱的一个人，因此无比欢愉，她喊出来："等一等，等一等。"

池畔诸人抬起头来。

忽然之间，有强光朝她面孔照来，她举起手遮住双目。

"醒醒，醒醒。"

苗红睁开眼，半晌不作声，啊，在梦里她回到衣露申岛上去了。

那时，她很年轻很年轻，相信长得也非常非常美。

丈夫问她："你怎么了？"

"我有点不舒服。"

是那个时候，她开始生病。

有一只手搭到如心的肩膀上。

她猛然抬起头，看到大妹站在身后。

"姐，你还在写！故事又不会窜跑逃逸，你干吗非立时做出来不可，多伤神。"

如心站起来，伸个懒腰。

每次要待写完一章才知道有多累。

"写完了没有？"

"这不是一部完整的小说。"

"那你写来干什么？"

小妹也起来了。"写完后冉整埋嘛。"

"那多费时。"

"不会比读大学更费劲啦。"

"真是，这三年下来，我俩就老大了。"

如心笑，妹妹们自有妹妹们的忧虑。

"姐，告诉我们，你除了督促我们读书，还打算怎样？"

如心又笑。"你俩关心我的前途？"

"父亲老说，如不升学，则速速结婚。"

"结婚不可当一件事做，已婚未婚人士均需工作进修。"

大妹点头。"这是我们的想法，上一代认为结婚表示休止符。"

"已经证明大错特错。"

"那姐姐是打算回缘缘斋？"

"可能是，可能不是。"

大妹笑。"尚未决定。"

"先得把手上这故事交代清楚再说。"

"还需多久？"

"快了，在你们开学后一定可以完成。"

两个妹妹交换一个眼色。"姐姐，我们想买一部车子——"

如心的心思又回到故事上去。"让许仲智陪你们去挑一部扎实的好车……"

红尘

柒·

做人最要紧的是开心。

当日，她见到了许仲智，问他：“骨灰，怎么会到了衣露申岛？”

没料到小许回答：“很简单。”

如心扬起眉毛。“什么？”

小许重复一遍：“很简单，我问过崔碧珊，那是她母亲的遗嘱，骨灰，送到衣露申岛上存放。”

如心微微张大嘴。

“现在衣露申岛换了主人，她意欲把骨灰领回去。”

如心垂下头。

“你还有什么问题？”

"有，有，有。"如心说，"为什么骨灰要放在那么隐蔽的地方？为什么黎子中那样缜密的人，对那盒骨灰没有妥善的安排？"

"你问得很有道理，也许，他已经忘记了她。"

如心像是听到最好笑的笑话一样。

许仲智承认。"他俩永远不会忘记对方。"

"让我们回到衣露申岛去。"

"你的病全好了吗？身子已恢复了吗？真可惜那儿个女孩子对衣露申岛毫无兴趣。"

"那多好，无人会同我争那座岛了。"

"你不打算转让？"许仲智私底下不愿如心住在岛上。

"让它在那里有什么不好？"

"台湾客人出这个价钱。"

许仲智给如心看一个数目。

如心动了念头。"租给他们可好？"

"唉，我去问一问。"

"租金可全部捐到儿童医院去。"

"你好似特别眷顾儿童。"

如心想一想。"儿童的不幸，大抵不属于咎由自取类，通常悲剧无端降在他们身上，真正可怜，值得帮忙。"

"你也总要有个地方住，这样吧，拿着那边的租金来贴补你的房租，有剩才捐出去。"

如心不胜感激，他老是替她着想。

"你放心，我经济情况良好。"

许仲智也不再避嫌，问道："怎么会？"

"我刚继承了姑婆一笔遗产。"

"啊，你堪称继承专家。"

"是，我自己亦啧啧称奇。"

"你一定很讨老人喜欢。"

讲得很对，如心个性沉静，耐性又好，不比同龄女子，欠缺集中能力，一下子精神懒散，目光游离。

不要说是老人，许仲智也很欣赏她这个优点。

"故事完稿没有？"

"差不多了。"

"写作生涯易，或者不易？"

"自然艰难之至。"

"崔碧珊的请求——"

"她可以随时到岛上取回骨灰。"

"那么，就明天吧，她们好似极忙，不停自地球一边赶到另一边，自一个角落赶到另外一个角落，周而复始，马不停蹄。"

"这是时髦生活。"

"又不见你如此。"

"我？我根本不合时代节拍。"

"崔碧珊与黎旭芝过几日就要走了。"

如心笑笑。"我打算返岛上休息。"

"我送你。"

"你几时回公司上班？"

许仲智有点不好意思。"下星期，公司等人用，一直催我。"

如心说："像你这般人才，何必在此耽搁，如有意思，

198

不如返大都会找间测量行工作，前程无限。"

许仲智大奇。"如心你怎么会说出这番话来？"

如心微笑。"可见我也可以十分经济实惠，实事求是。"

"不不不，我心甘情愿在此过比较悠闲的生活，留些时间自用，对我来说，名利并非一切，我并不向往名成利就，凡事最要紧的是高兴。"

如心看着许仲智赞赏地微笑。

"我想，我会一辈子做个无甚出息的穷小子。"

如心几乎冲口而出说"不要紧，我有钱"。

幸亏忍得住口。

回到岛上，如心很早休息。

这还是她来到岛上第一次睡得这么好。

也许黎子中与苗红都明白她已经知道了真相，不再入梦。

但，那真的是真相吗？

第二天一早就下毛毛雨，如心醒来推开窗望去，只见池畔站着一丽人。

噫，这究竟是梦是真?

那女郎穿着纱笼，长发拢在脑后，身形苗条，如心脱口叫："苗红!"

苗红闻声抬起头来，向如心笑。"下来呀。"

如心像以往的梦境一样，往楼下跑。

这次千万不要叫谁来打断这个梦才好。

她顺利地奔到池畔，心中窃喜，噫，今天真好，没有人前来把她唤醒。

如心叫苗红："到这一边来。"

细雨打在如心脸上，感觉到丝丝凉意，这梦境一切都像真的一样，十分清晰。

苗红绕过来。"如心，你醒了。"

如心抬起头来，看着苗红。

她张大了嘴，这哪里是梦境，这是真情况，站在她面前的不是苗红，却是崔碧珊。

如心发愣。

崔碧珊讶异。"如心，你为什么失望，你以为我是谁，你又在等谁?"

如心一时说不出话来。

过一会儿,她为自己的失态感到抱歉。崔碧珊穿着时下流行的纱笼围裙,由西方时装高手设计。

如心终于说:"我以为是苗红。"

崔碧珊说:"即使我俩相似,你也并未见过她。"

如心笑笑。"我见过她多次,她时时入我梦来。"

这还是崔碧珊头一次露出黯然之色。"这么说来,她似乎关心你多过关心我。"

"不,碧珊,我所梦见的苗红,都是年轻的,那时你还没出生。"

崔碧珊笑出来。"你看我们,好似真相信人的灵魂会回来探访故人。"

如心沉吟。"我不会说不会。"

"但也不能绝对说会。"

"来,我陪你在这岛上走走。"

"打扰你了。"崔碧珊说,"我到的时候你还没醒。"

"时间是许仲智安排的吧?"

"他办事十分细心。"

打着伞,走到岛另一边,如心指一指。"骨灰就放在那边。"

"环境这样幽美,难怪母亲有此遗嘱。"

如心领首。

"在岛上生活的一段日子,始终叫她难忘。"

如心答:"我想是。"

"可是这岛已经易主,我不得不把它领回去。"

"她会赞成的。"

如心推开工作间门,向那银盒指了一指。

崔碧珊收敛笑意,恭敬小心地捧起盒子。

忽然之间,这年轻的女郎感慨了:"想想他朝吾体也相同,还有什么好争的。"

如心轻声答:"根本是。"

所以她同意许仲智的看法,做人最要紧的是开心。

如心还有一个非问不可的问题:"碧珊,你父亲不反对你母亲的遗嘱吗?"

崔碧珊很爽直。"他无从反对，况且，彼时他们分手也有一段日子了。"

如心又得接受一个新的意外："他们分手？"

"是，我十五岁那年，他们决定离婚。"

如心愣住，她真没想到苗红的感情生活一层一层犹如剥洋葱，到最后仍有一层。

"有无再嫁？"

"没有，她与父亲仍维持朋友关系，彼此关怀。"

"那为什么要分手？"

崔碧珊笑笑。"总有原因吧。"

如心进一步问："你认为是什么？"

崔碧珊答："我不清楚，为着不使他们难堪，我从来不问。"

如心骤然涨红了脸。

崔碧珊笑。"不，我不是说你，你别多心。"

"对不起，我实在太好奇了。"

崔碧珊与如心在池塘边长凳坐下来。

她们听见蛙鸣，空气中洋溢着莲花清香。

碧珊发现新大陆："我此刻才理解为什么母亲与你会喜欢此岛。"

如心笑笑。"还有一家台湾人，不知多想我出让此岛。"

此时如心摊开手掌，那种拇指大的碧绿色小青蛙跳到她掌心停留一会儿才跃回水中。

碧珊啧啧称奇。

不知名的红胸鸟就在树顶唱个不停。

碧珊问："有夜莺吗？"

"晚上我没有出来，肯定少不了它们。"

"多美！"

"年纪大了我或许会来终老。"

"不，如心，老人住旺地，这里只适合度蜜月用。"

如心笑了，碧珊言之有理。

如心抬起头，树荫中仿佛人影一闪，她几乎要脱口而出：黎先生，是你吗？

那边碧珊说："父亲也始终没有再婚。"

如心点头。"看他们多么爱你。"

"如心，你真是聪明，其实那时我还小，即使他们再婚，我也认为理所当然，可是为着给我最多关怀最多时间，他们虽然分手，却还似一家人。"

"那为何还要分手？"

碧珊说："我也觉得奇怪。"

她们听到轻轻一声咳嗽。

原来树荫中真有人。

许仲智自树丛中走出来。"打扰你们了。"

碧珊笑道："我也该走了。"

一行三人朝原路走回码头。

碧珊捧着母亲的骨灰，站在船头，与如心道别。

"请与我维持联络。"

"一定会，我很庆幸得到一个这样的朋友。"

船缓缓驶离码头，碧珊衣袂飘飘，向他俩摆手。

如心目送游艇在地平线消失。

许仲智说："我有碧珊的地址电话。"

不知不觉，他已开始为她打理生活细节。

"台湾客人说，租借也无妨，不过要订一张十年合约。"

"什么，"如心笑，"那么久？"

"我也如此惊叹，不过，他却说：'年轻人，十年并非你想象中那么长，十年弹指间就过去了，不要说是十年，半个世纪一晃眼也就溜走。'"

如心颔首。"这是他们的经验之谈。"

"我粗略与他们谈过条件，像全体工作人员留任，不得拆卸改装建筑物，不得砍伐树木等。还有，每年租金增加百分之十五。"

"那很好。"

许仲智很高兴。"那么，我去拟租约。"

"他会把岛叫什么。"

"崇明岛。"

"想当年他在崇明一定度过非常愉快的童年。"

"一点不错，他同我说及祖父母是何等爱惜他，定做了皮鞋专给他雨天穿着上学等等。现在他也是别人的祖父，长孙在斯坦福大学读化工。"

"他们那一代的故事多半动人。"

"有大时代做背景,自然荡气回肠。"

"黎子中那代也还好,至少可以任性地谈恋爱。"

许仲智搔搔头皮。"我们最惨,不得越雷池半步,人人要在学业或事业上做出成绩来,竞争太强,闲余时间太少,非人生活。"

如心笑得弯下了腰。

他们回到屋内吃了顿丰富的午餐。

许仲智说:"我得出去办点事。"

"请便。"

"假如你决定留下来,请告诉我。"

"我会考虑。"

如心忽然出奇地想念缘缘斋。

离开那么长一段日子,店铺一定蒙尘,门前冷落,旧客不知可有在门前徘徊?

她想回去。

可是许仲智却希望她留下来。

那么，先回去再说，待听清楚自己的心声，再做重大的决定吧。

马古丽站在书房门外，好像有话要说。

如心微笑地看着她。

"周小姐，你可要走了？"

如心点点头。"我还年轻，有许多世俗的事务要办。"

"我们明白。"

"新租客会比我更懂得欣赏此岛。"

"我们也听许先生这样说过。"

"他们每年会来住上一段日子，最多三两个月左右，你们若有不满，尽管向许先生交涉。"

"不会有什么不满。"

如心笑笑，伸个懒腰。

"周小姐，你请休息一会儿。"

奇怪，从前一向无睡午觉的习惯，是岛上醉人花香使她巴不得去寻个好梦。

她打开窗户，听到沙沙的浪声。

而夏季稠密的橡树叶在风中摇摆，总是像在翻来覆去地复述某些故事。

在这个叫衣露申的岛上，人的遐思可以无限量伸展出去，走到想象力的尽头。

如心伏在客床上睡着了。

耳畔全是絮絮语声。

谁，谁在说话，谁在议论纷纷？

蒙眬中过来的人好像是姑婆。

她笑道："怎么就丢下缘缘斋不理了，年轻人没长心。"

"不，不——"

"一百年也就轻易过去了，你要珍惜每一天每个人。"

"是是是。"

"姑婆十分挂念你。"

如心落下泪来。"我也是，我也是。"

"你很聪明，很会做人，姑婆相当放心，你与家人比从前更为亲密，这是进步了。"

如心哽咽地想说话，只是力不从心。

"你别尽忙别人的事，而耽误了自己，姑婆有你，你又有谁？"

如心忽然破涕而笑，姑婆就是姑婆，到底是老派人，净担心这些事。

姑婆叹息一声："孩子就是孩子，一丁点至今，淘气不改。"

"姑婆，姑婆。"

脚步声渐渐远去。

如心想起当年姑婆把幼小的她领回家去养的情形。

姑婆家有洋房汽车司机用人，环境胜父母家百倍，可是她晚晚都想回到自己的那张小小铁床上去睡。

后来比较懂事了，不那么想家，也不大回去，就把姑婆的家当作自己的家。

此刻又十分想回缘缘斋。

她欲重操故业，回到店堂，企图弥补那些一旦破裂，像感情一样裂痕永远不可磨灭的瓷器。

为什么不呢？聊胜于无，强慰事主之心。

如心醒来之际面带微笑。

她悄悄收拾行李。

一只箱子来，一只箱子去，多了一沓原稿，与几段不用装箱的友谊。

故事结尾仍然需要修改，不过不忙这几天做。

苗红的一生说长不长，说短不短，真的要慢慢描述，可写文十年八载，可是用几句话交代，也不是不可以。

如心在报上读过一位名作家的心得，他说："没有什么故事，不能以三句话讲完。"

那么，该用哪三句话说苗红的故事呢？

如心觉得她的技巧还没有那么高超。

第二天，她告诉亲友她要回家。

妹妹们忙于投入新生活，并无不舍之意，反正来来去去，不知道多么方便。

倒是许仲智，有点黯然。

他不能解释心中不快自何而来，总不能立刻向周如心求婚，请她留下来落籍，他的收入仅够一人使用，尚未有能力养活妻儿。

还有，二人亦未有充分了解，求婚太过猛烈。

他不舍得她走，只是人情。

"如心，今日可签妥租约。"

"好极了。"

"台湾客人正在列治文督工兴建商场，过两日也该走了。"

红尘

捌·

她是他塑造的，

她摆脱不了创造者的影子。

来到律师处，客人早已在等候。

"周小姐，敝姓王。"

"王先生，幸会。"

想他在商界一定赫赫有名，可惜周如心全然不懂生意，但猜想用幸会二字总错不了。

"周小姐，君子成人之美。"

如心唯唯诺诺。

"真没想到世上有一处地方，会那么像我崇明故居。"

如心不由得说："此刻回崇明岛也不是那么艰难的事。"

"可是，周小姐，你大抵没有回去看过吧，同以前不一样了，我并不适应。"

如心不语。

其实她知道崇明岛在何处，它的纬度与衣露申岛相差起码十五度以上，气候植物都有距离，可是既然王老先生愿意觉得像，就让他那样想好了。

"那时生活真是无忧无虑，我家世代造船……"声音低下去，随即又振作，"不去说它了，周小姐请原谅老人唠叨。"

他大笔一挥，签下合同。

如心笑。"我代表儿童医院谢谢你。"

"啊，捐慈善机构，好好好。"

皆大欢喜。

如心往飞机场的时间已到。

许仲智说："我送你。"

"劳驾。"

衣露申岛婢仆成群，其实不必他出马，由此可知她也有不舍之意。

许仲智又精神起来。

到了飞机场，他再也不必忌讳什么，拉紧如心的手，为她送行李进关，替她买报纸杂志，服务周到，到最后，他吻她的手背道别。

如心轻轻说："说不定我很快就会回来的。"

"我等你。"小许毫不犹疑地说。

如心微笑。"等多久？"

"比你想象中要久。"

那又是多久？以现在的标准来说，大约是六个星期吧。

如心走上飞机。

越来越多的乘客在飞机上工作，都低头疾书，要不就盯着手提电脑的液晶屏幕，好像浑忘身在何处。

如心想，这是何苦呢？

万一这架飞机不幸遇难，地球想必也照样不受影响如常运作吧，既然如此，何不放下工作轻松一下。

她闭目养神。

半响，终于忍不住，自手提袋内取出稿纸与笔，摊开来疾书。

她揶揄自己，入乡随俗嘛。

婚后，苗红越来越觉得生活中一直有黎子中的存在。

她是他塑造的，她摆脱不了创造者的影子。

选择灯饰时她会脱口而出："徕丽的水晶灯最好，没有棱角，又不闪烁，十分低调。"

话一出口，才发觉这原是黎子中的意见。

崔君称赞："是，说得好。"

她不过是一个赤足涉水到河边捉鲫鱼的土女，她懂得什么，所有的知识由黎子中灌输。

丈夫为她选择首饰，她又说："唉，钻石越割越耀目，本来玫瑰钻最好，方钻尚可，现在这些新式钻石，简直似灯泡，唯恐人看不见，竟变了是戴给别人看似的。"

始终没有添别的宝石首饰。

公寓内装修布置也活脱像衣露申岛，黎子中幸亏从来没上过门，否则一定会大吃一惊，怎么搞的，亦系蓝白两色，藤器为主，似回到自己家中？

苗红渐渐发现她根本没有灵魂，她悲哀渐生。

可是崔律师却道:"你终于比较肯说话了,而且意见中肯。"

"是,"苗红点头,"很快我即将东家长西家短,道尽世上是非。"

"我热烈期望那一天来临。"

新婚时期,整日她都没有一句话,问她什么,最多答"是"与"否",与现在比较,判若两人。

一切都是孩子出生之后的事。

带孩子上学,与其他家长接触,不得不开放冰冷的心。

慢慢和煦,为了女儿,亦同老师打交道,接送小朋友。

然而,始终还有一个距离,不惯七嘴八舌,每次开口,都郑重思考,才敢出声。

小碧珊出乎意料地活泼。"我的朋友妙玲,我的朋友振叶……"人人都是朋友。

她到同学家,也请同学到家里玩,小朋友都知道碧珊母亲最和蔼最慷慨,做的点心好吃,而且从不责备什么人,碧珊的自由度是众人中最大的一个。

十多年就那样过去。

苗红终于想清楚了。

在结婚十五周年那一日，她与丈夫单独相处，轻轻咳嗽一声，开始话题。

崔律师十分意外。"你有话说？"

苗红看着窗外。"这几年来，我们关系名存实亡。"

崔君一愣，一如丈二和尚摸不着头脑。"我一直觉得你是称职的妻子。"

"我或许是个不错的母亲，自碧珊出生后，全心全意放在她身上，但我不是好妻子，我疏忽你，从不关注你。"

"可是……"崔律师说，"我是成年人，我无须你照顾。"

苗红看着他。"可是，我心里也从来没有你。"

崔律师糊涂了。"今日好日子，讲这些干什么？"

"你还不明白？我一直不爱你。"

崔君反而笑了。"你的心思全放在碧珊身上了。"

"不，你应得到更好的伴侣。"

崔君觉得不妥，站起来说："我安于现状，我有你就行了。"

苗红低下头。"我要求离婚。"

崔君震惊。"你有了别人?"

苗红哧一声笑出来。"没有没有,没有的事,怎么可能,我只是觉得再维持这段婚姻对你不公平。"

崔君不语。

"我已经到律师处签了字。"

崔君啼笑皆非。"我就是律师。"

"那么,我们分居吧。"

"你想我搬出去?"

"我走也行。"

崔律师并非没有办法,而是一向宠妻,不想逆她任何意思。"我出去比较方便。"况且,这不过是暂时性的,稍迟她意气自会过去,"我搬到对面公寓去住好了。"

苗红遂放下了心。

"要我回来的话,只需敲敲门。"

"不,你有权去结交异性朋友。"

崔律师看着她。"既然要求离婚，你就别管我私生活了。"

苗红不语。

崔律师搬到对面公寓去，碧珊最兴奋。

"我可以跑来跑去，在爸那边做功课，在妈妈处午睡，忽然多了一个家，多一倍地方用，太好了。"

崔律师对女儿说："别太高兴，我过一刻就会搬回来。"

他没有。

因为苗红没有要求他。

因为他也确实觉得分开住更自由更舒服可更专注工作。

开头一年他确实留意过苗红有无异性朋友，可是完全没有。

她时时过来替他打点家务直至用人上了轨道。

再过一段日子，碧珊忽然明白了。

"妈妈，你同爸已经离婚了是不是？"

"是。"

"为什么？"

"我不想耽误他的时间，现在他如果遇到适合的人，可以再婚。"

碧珊忽然问："那是好心，还是坏心？"

啊，碧珊已经长大了。

"那当然是好心。"

碧珊与黎旭芝谈起这件事："将来，我如果与伴侣无话可说，失去恋爱的感觉，生活似例行公事，我也会要求分手。"

旭芝不敢置评，只是答："那，你会忙不过来。"

碧珊笑。"我不会妥协。"

"说的也是，我见过夫妻俩吃饭，各人摊开各人的报纸细读，一句话也无，亦不交换眼色，的确可怕。"

碧珊叹喟："年轻人都怕这种事，可是到了中年，不还都是那样过。"

这下子连黎旭芝都害怕。"不，不，我不会那样。"

两个少女头一次觉得无奈。

分居后的苗红比较安心，是，她不爱他，可是她也没有白白霸占着他。

现在，她可以名正言顺把黎子中的影子请进屋里来。

她听的音乐，全是衣露申岛上精选的，她喝的酒，是黎子中喝过的牌子，她打扮服饰，照黎子中的意思……

到十多年后，她才认识到，她一生最快乐的时刻，在衣露申岛度过。

只有在离婚后才可以这样勇敢地承认事实。

她没有背叛丈夫，她只是不爱他，故与他分手，维持两人最低限度的尊严。

她一直没有提起黎子中，直到病重。

如心忽然听到有人在她耳畔说："周小姐，飞机就快降落，请系上安全带。"

什么，十个钟头就这样过去了？

不是她写得太慢，就是时间太快。

她老大不愿意地收起纸笔。

邻座一位老太太问："你是作家？"

"不不不，我只是爱写。"

"爱写就有希望了。"

咦，像个过来人口吻。

如心忍不住问："前辈可是写作人？"

老太太笑。"我……我也不过是爱写而已。"

"前辈笔名是什么？"

老太太还是笑。"提来做甚。"

如心笑。"一定是位名作家。"

"你怎么知道？"

"稿酬足够用来搭头等舱，还不算名作家？"

好话人人爱听，那老太太呵呵笑起来。"好说好说。"

如心步出机舱。

红尘

玖·

一个人有工作就有寄托，
日子不难过。

回到家了。

下了计程车掏出钥匙开了大门，正在看电视的家务助理惊喜万分。

如心先拨了一个电话同父母报平安，继而收拾行李，然后沐浴休息。

她仍睡在小房间的小床里。

半夜电话响了。"姐姐，到了为什么不通知一声，活该被我们吵醒，许仲智在这里有话说。"

一定是小许牵念她。

她接过电话，隔一会儿他才说："到啦?"真是陈腔滥调。

如心回答得更糟："到了。"

她为这一问一答笑出来。

"能不能每天通一次电话？"

"每星期一次也就够了，不过千万别半夜三时整打来。"

"是，是，是。"

回到家，已无失眠之虞。

如心去找水喝，顺便到邻室看一看，发觉姑婆床上空空如也，才蓦然想起她已去世。

正如碧珊所说，他朝吾体也相同，还有什么看不开的。

也就睡得分外香甜。

第二天一早起来，她带着老用人把缘缘斋店门打开。

门槛附近塞进许多信件，有十来封是她主顾的问候信。

如心十分感动。

用人立刻忙着烧水做茶，收拾地方。

如心坐到姑婆以前的座位上去。

抬起头，刚好看到玻璃门外每一个经过的行人。

如心喝一口茶，看着众生相，开始了解为何姑婆每天风雨不改前来开启店门，她是来与他们见面。

两个年轻人匆匆走过，然后是妈妈带幼儿上学，一个老婆婆拎着点心慢慢踱步，一对情侣紧紧手拉手相视而笑……百看不厌。

忽然之间下雨了，许多人避到缘缘斋的檐下来。

如心写了一张字条，贴在店门。

——"诚征店员一名，性别不拘，年龄十八至二十五，需勤奋工作，薪金丰厚。"

如今年轻人都喜欢到讲英语的大机构去一试身手，盼望步步高升，即使有人来应征，也不过临时性质，过两三个月又走。

老用人笑笑。"其实请一个菲律宾人来也足够应付，不过是听听电话见见客人，他们英文讲得比许多人好，一年半载做熟了也一样。"

如心一怔，觉得也是。

"当然你不能把学问传给他们，可是其他人也不一定想学或学得会。"

如心听出老用人的弦外之音，这门手艺是迟早失传的功夫。

她笑笑。"总有人想补缸瓦吧。"

老用人不再加插意见。"我顺道在附近买了菜回家。"

请人字条贴出好几天无人理会。

总算有人进来求职，如心一见，是个头发染成金黄色的少女，她先吓了一跳，问了几句，少女比她更失望，匆匆离去。

客人有电话来——

"终于打进来了，你们还继续营业吗？"

"明天下午三时上来可方便？"

"店门关了那么久，真叫人挂念。"

"你会继承你姑婆的遗志吗？"

一个人有工作就有寄托，日子不难过。

第二个星期，一位英俊高大穿西服的年轻人推门进来，如心十分高兴，莫非此人有意求职？

当然不是。

姓胡的年轻人代表土地发展公司，欲收购旧楼拆掉重建，在店里与如心谈了颇久。

"这左右附近店主都已答应出让，周小姐，价钱破纪录地高，希望你尽快给我们一个答复。"

如心怅惘，看情形是非卖出不可了。

得到了衣露申岛，失去了缘缘斋。

"周小姐，你大可以重觅铺位，重整旗鼓。"

如心不愿多谈。"我会尽快给你回复。"

年轻人识趣地离去。

通通卖掉了，只剩一堆钱，要来何用。

一个人可以用的钱其实有限，洋房、汽车、珠宝、古玩、飞机、大炮、航空母舰，虽然各有各的好处，但是人吃的不外是鲍参翅肚，睡的只是一张床，享受有一个顶点，到了那个程度，世上再也没有更好的东西。

物质又不能保证一个人快乐与否，如心又不相信浪掷金钱会带来快感。

当然情愿要一间缘缘斋。

可是形势所逼，她又不能不把店卖出去。

如心只觉无限寂寥。

许仲智听她的声音发觉她不开心。

"愿意与我谈一谈吗?"

"你有六个钟头的时间?"

"不要紧,你说。"

"算了,我最怕在电话里喋喋不休。"

"那么我过来。"

如心讶异。"何必小题大做?"

"一次不说,两次不说,我同你从此越来越生疏,我还好,什么都不用讲,还是过来面对面听你倾诉的好。"

"不不不,你——"

"怕什么呢,如心,你无须付出什么,不用担心会欠下什么,来探访朋友算不了什么。"

如心悻悻然。"对,稀松平常,你每星期都飞往世界各地探亲访友,失敬失敬。"

许仲智笑了。"不必,不必。"

"真的不必了,仲智——"

"星期六见。"

如心只得吩咐用人整理客房。

客房书桌中还放着那沓稿纸，还欠个结尾。

如心拖延着不去写，因为一旦写完，故事结束了，就没得写了。

第二天，那位胡先生拨电话来。

如心意外地说："还没到二十四小时呢。"

"周小姐，我帮你留意到一个铺位，很适合缘缘斋继续发展，你不妨看看。"

如心冷冷地说："我自有打算，不敢劳驾。"

"周小姐，何必拒人千里？"

如心不禁生气。"我就是这样不近人情的一个人。"

"对不起，周小姐，我冒昧了。"

过一会儿，如心问："铺位在什么地方？"

"我来接你去看。"

"我走不开。"

"我找名伙计替你暂时看着店门，你放心，来回不会超过一小时。"

如心诧异，都替我想好了，办事如此周到。

十分钟后他就到了，开着部名贵房车。

如心随他去看过那铺位，地点十分好，可是租金昂贵不堪，每天修补一百只古董恐怕还不够付租，怎么可能。

可是小胡说："把铺位买下来，付个首期，等价格上涨，一定有得赚。"

如心连忙更正。"不，我做的不是该行生意。"

小胡沉默，随即笑道："那我们去吃午饭吧。"

"我要回店里去。"

"你总得吃饭。"

如心不再推辞。

小胡为人很坦率，他对如心说："你好像对赚钱没有多大的兴趣。"

"不不，我只是对违反原则去赚更多的钱不感兴趣。"

"什么是你的原则？"

"不喜欢做的事而勉强去做，即违反原则。"

小胡吃惊了。"你从不做不喜欢做的事?"

"从不。"

"周小姐,你是我所见过的最幸运的人,我们天天在做不得不做非常烦琐讨厌的事。"

如心笑笑。"我知道。"

"你想必有足够条件那样清高。"

"我比较幸运,不过,最要紧的是,我对生活要求甚低,所以可以优游地过日子。"

"你真是奇特!"

如心笑了。"知足常乐。"

小胡看着她,十分钦佩。

"多谢你让我开了眼界。"

"周小姐,请问什么时候到敝公司来签合约?"

"我打算先与一位做测量的朋友商量过再说。"

"啊,是我同行。"

"可是,真巧。"

"几时介绍我认识。"

"有机会再说吧。"

在今日，任何一个行业都可以推广、宣传、促销，缘缘斋的招牌也可以用霓虹灯围起来，搞得晶光灿烂，请明星议员为新店剪彩，由周如心携同各式古董上电视现身说法……

若想在今日搞出名堂，非如此不可。

不过如心并不希冀得到名望。

在这地窄人多的都会中，每个人都可以成为五分钟名人，如心无意成为他们一分子。

那天傍晚回到家，用人来开门，努努嘴。"有客人。"

一看，是许仲智到了。

他笑着迎上来。"刚好有便宜飞机票，我乘机便来了。"

他分明昨日一挂上电话便赶到飞机场去。

"行李呢？"

"已经拿到客房里去，打算打扰你几天。"

如心坐下来，无限惆怅。"缘缘斋被逼迁，要不关门大吉，结束营业，要不重整旗鼓，大展宏图。"

"你选择哪一题？"

"把店关掉一了百了，只怕对不起姑婆。"

"那么另外找间店面。"

"新铺都是在豪华商场里，一旦洗湿了头，有得好烦，灯油、火蜡、伙计、人工加在一起费用非常可观，我并非生意人才，不擅理财，只怕亏蚀。"

"我明白。"

如心苦笑。"你看衣露申岛多好，住在岛上，什么都不必理会。"

所以那位富商王先生想尽办法也要搬到岛上居住。

"让我帮你分析。"

"劳驾。"

"这一门生意是你姑婆的精神寄托。"

"正是。"

"姑婆已经去世，店交给你继承，当然任由你打发，无论做何选择，姑婆想必体谅，你不必过意不去。"

如心说："万一姑婆要回来的话，缘缘斋已不复存在，又怎么办?"

许仲智一怔，隔几秒钟才说："她怎么还回得来？人死不能复生，她永远不会再来。"

如心走到窗前，缓缓说："那么，苗红又为何频频回到衣露申岛上？"

许仲智站起来，郑重地说："如心，那只是你的幻觉。"

"啊，"如心微微笑，"是我的幻觉。"

"一点不错。"

"不，仲智，你太武断了，我肯定在岛上见过苗红。"

"如心——"

"不然，我怎么会知道她的故事。"

"如心，她的故事，由你一步步寻找资料及推理所得。"

"可是那些细节……"

"那是你的想象力。"

"当真那么简单？"

"如心，不要想到其他事上去。"

如心仍然微笑。"我不止一次在岛上与苗红交谈。"

许仲智怜惜地看着她。"你疑心生暗影了，如心。"

238

"仲智，在这件事上我俩永远无法获得共识。"

"那么转移话题。"

"你在说姑婆不会介意我结束营业。"

"可是你将学无所用。"

如心答："我不过只懂皮毛。"

"那就关了店算数，到温哥华读书，长伴我左右。"

这是个好办法，无奈如心恋恋不舍。

"旧铺可以卖这个价钱。"

许仲智一看数目，怔住。"周如心，你真是位有钱的小姐。"

如心笑。"我想我是，所以打算捐助孤儿院。"

"你自是个善心人，不过也要留些给儿女。"

"言之过早。"

"嘿，三十五岁之前你起码添三名吧。"

如心笑不可抑。

她进厨房去泡杯好茶，出来之际，发觉许仲智已经躺在沙发上睡熟。

她捧着茶走到姑婆房间去。

过一会儿，她轻轻坐在床沿。

她低声说："姑婆，你要不要同我说话？苗红与我沟通，全无问题，如果可以，我想知道，应该如何处理缘缘斋。"

她叹口气，回到小卧室看电视新闻。

公寓里静寂无声，如心闭上眼睛。

"是，你的确有接触另一世界的本事。"

谁？是姑婆吗？如心不敢睁开眼睛，全神贯注，集中精神。"姑婆，你有话要说？"

姑婆轻轻叹口气。"勿以缘缘斋为念。"

"是，姑婆，我明白了，多谢你的启示。"

"那就好。"

"姑婆，请问你，许仲智——"

姑婆的声音带着笑意："不，还不是他，他是个好孩子，却不是你那个人。"

如心有点腼腆。"我太好奇了。"

"女孩子都关心这件事。"

如心不语，感觉姑婆正在走远。

她脱口叫："姑婆！"

"如心，醒醒。"

叫她的是小许。

如心睁开眼睛。"我并没有睡着。"

"是吗？我听见你在梦中叫姑婆。"

如心不语，许仲智，你总不相信那些都不是梦。

她说："我打算出售旧铺，结束营业。"

"我也猜你会那样做，你对名利一点兴趣也无。"

"有，怎么没有，白白赐我，欢迎还来不及。不过，如要我付出高昂代价去换取，实在没有能耐。"

"你将前去与妹妹会合？"

"的确有此打算。"

"那可真便宜了我。"

如心笑，这小子越说越直接，好不可爱。

"早点休息。"

"你也是。"

姑婆说不是他，如心当然相信姑婆。

如心黯然，不知那个他将是谁。如心一向是个小大人，换一个比较天真的女孩，也许会以为将来的人必定更好，不，如心却知道不一定。

她对许仲智已相当满意，如果是他，顺理成章，再好没有，大可发展下去……

如心呼出一口气，睡着了。

翌日，她通知那位胡先生，愿意出售缘缘斋铺位。

刚巧有位老主顾上门，知道消息，遗憾不已。

"真没想到一家老店会像老人那样相偕寿终正寝。"

如心甚为歉意。

"你很不舍得吧？"

"无可奈何。"

"周小姐，请帮个忙，看看这只碟子。"

如心嗯了一声。"叶太太，这是英国十八世纪迈臣瓷器厂出品，背后有著名双剑标志。"

"什么，是英国货？"

"正是，你看，碟上月季花由手绘而成。"

"崩口可以修补吗？"

"我尽量试一试。"

"是英国货，不值什么钱吧。"

如心笑。"错了，叶太太，此碟若无瑕疵，可值五千余英镑，即使有缺点，也还是收集者的宠物，可拍卖至三千镑，用来送礼，十分体面。"

"谢谢你，周小姐。"

"叶太太，你下星期三来取吧。"

客人告辞。

如心拿来椅子，站上去，摘下天花板上一盏古董水晶灯，它在摇晃之际发出细碎叮叮声。

她用许多层报纸包好，用纸箱把它装好，将来，她会把它吊在工作间，伴着她。

姑婆置这盏灯时的情形还历历在目。

买回来时璎珞掉了一半，水晶上全是灰尘，得一颗颗洗净抹干重新用铜线穿好。

老用人一见，立刻板面孔。"我不理这个，我没空。"

如心却不怕，她把水晶浸在肥皂水中，逐粒洗刷，逐颗拼穿还原，所缺部分到处去找来补回，不过也花了三四个月，才能将灯挂上天花板。

那时，每个人都啧啧称奇："好漂亮的灯，从何处买来，欧洲吗？"

在旧货店花三十元买来。

今日，它已可以退休。

姑婆问："你喜欢水晶吧？"

如心意外。"我花了百多小时修理它是因为我以为你喜欢它。"

"不！我以为你喜欢它。"

婆孙两人大笑。

若没有姑婆收留她，她那略为孤僻的性格一定不为家人所喜，谁有那么多的工夫来试图了解她，她的青少年期必定寂寞不堪。

可幸遇见姑婆。

稍后，胡先生带着见证律师到缘缘斋来。

如心意外。"我可以到你写字楼。"

"怎么好劳驾阁下呢。"

这样精明能干的年轻人在都会中是很多的吧。

如心签好文件。

他松出一口气。"我们应该庆祝。"

如心看在眼内，笑笑说："你原先以为我这里会有阻挠吧。"

"实不相瞒，周小姐比我想象中年轻及合理。"

"恭祝你大功告成。"

小胡刚想说话，玻璃门被推开，进来的是许仲智，如心为他们介绍。

"一起吃午饭可好？"

如心婉拒："你们去吧，我还要写一段结业启事贴在门口。"

小胡不假思索。"等你好了。"

他不见得对每个小业主都那么体贴。

许仲智心中有数。

如心坐下来，写了一段启事。

两个年轻人一个站东一个站西，并无交谈，各管各看着街外风景。

小胡说："我来帮你抄一遍。"

如心意外。"你擅长书法？"

"过得去，临过字，会写。"

他立刻用毛笔把启事抄好，楷字写得甚为端正，然后贴在玻璃上。

如心随手把聘人启事撕下。

"这一行很难请得到人。"

如心点点头。

许仲智吃亏了，他完全看不懂中文，对内容一无所知，可是他懂得不动声色。

"来，走吧。"

如心带着两个男生到附近相熟的馆子去。

她一整天都心不在焉。

少年的她来见姑婆，就在这家饭店吃早点。

"爱喝豆浆吗？"

"还可以。"

"愿意跟姑婆住吗？"

"愿意。"

那时真有点害怕，觉得姑婆高深莫测，光是年龄，已经是个谜。

真没想到以后会与姑婆那么投契。

老师问："是你妈妈吗？"

"不，是我姑婆。"

"啊，那么年轻？"

是，她看上去的确年轻，可是一颗心洞悉世情，无比智慧。

一顿饭的时间，如心都在怀念姑婆，脑海里都是温馨回忆，三个人都没说话。

饭后如心回家，叫在她家做客的许仲智不要打扰她。

她觉得是把结尾写出来的时候了，她走到书桌前坐下动笔。

苗红已经病重，可是医生给她注射麻醉剂，她不觉痛苦，如常生活，下午睡醒，喜欢玩扑克牌。

她不是不知道自己的病情，但是异常镇定。

母亲节，女儿在身边，难得的是黎旭芝也来送上康乃馨。

趁碧珊走开，旭芝轻轻说："爸爸让我问你，可要我伯父前来看你？"

苗红抬起头。

旭芝怕她听不清楚，重复说："爸是指黎子中。"

苗红点点头："我知道。"

旭芝静候答案。

苗红吁一口气。"不，不用了。"

旭芝大为失望。"为什么？"

苗红看着窗外。"我与他无话可说。"

"不必故意讲什么。"

"黎子中可是想见我最后一面？"

"他没有提出来。"

苗红微笑颔首。"你爸太好心了，不，我们不想见面。"

"你肯定吗，阿姨？"

"我当然肯定。"苗红神色不变。

"多可惜。"

苗红笑了。"要见早就可以见面，何必等到今日老弱残兵模样方找机会诉衷情。"

黎旭芝不语，黯然神伤。

崔碧珊返来见此情况大为诧异。"旭芝你同我母亲说过些什么？"

苗红抬起头。"旭芝问我尚有什么心愿。"

碧珊一听，红了双眼。"旭芝，谁要你做好人。"

苗红若无其事地说："未尝心愿甚多，要待来世方能逐一完成。一生似太长，却又太短，待搞清楚有何心愿，二十一年已经过去，那么四十岁之前若不匆匆把所有该做或不该做之事做妥，之后也无甚作为，所以人人不够时间，既然如此，有未了心愿也稀松平常。"

"有无比较简单，我们又可以做到的事呢？"

苗红想了一想。"有。"

"请说。"

"我想把骨灰寄放在衣露申岛。"

碧珊那时还是第一次听到那个岛名。"什么，什么地方？"她异常诧异。

旭芝朝她使一个眼色。"一会儿我同你说。"

碧珊垂头不语。

原来旭芝却知道其中因由，有时自己人反而蒙在鼓里。

旭芝回去见伯父，说了苗红的最后愿望。

"不，"她对黎子中说，"她觉得没有见面的必要。"

黎子中点点头。

半晌他问："她仍然漂亮吗？"

旭芝据实答："病人相貌不好看。"

黎子中又点头。

然后，他长长叹口气。"她就得那个愿望？"

"是。"

"我可以做到。"

旭芝刚想说什么，书房门一开，有一个年轻漂亮女郎走进来。"子中，我——"一眼看到旭芝，"啊，对不起，我不知你有客。"知趣欲退出去。

黎子中却唤住她："来，莉花，来见过我侄女旭芝。"

旭芝寒暄几句，便站起告辞。

才走到大门口，眼泪便落下来。

她躲进车子，捂着脸，好好地哭了一场。

年轻的她哭所有不能成为眷属的有情人，又哭所有原本相爱却又错失时机的情侣。

终于住了声，已近黄昏，她红肿双目驾车离去。

第二天，旭芝对碧珊说："告诉你母亲，一切没有问题。"

碧珊说："你们好像都比我知道得多。"

旭芝答："你所不知的不会伤害你。"

"说得也是，我何必追究。"

旭芝笑说："我是那种若不知亲生父母是谁也绝不会去查访的人。"

碧珊也说："对，既遭遗弃，不如努力新生活，何苦追

"谢谢你。"

"每个作家都需要有人照顾生活起居。"

"我不是作家!"

"嘿,谁一开始动笔就成了名呢,慢慢来嘛。"

如心又一次被他惹得笑起来。

他为她荒废工作跑了地球半圈,她很明白他的意思。

红尘

拾·

动辄放弃一切，将来那庞大的牺牲必定带给对方无限压力。

第二天，许仲智跑到大学去见一位心理学教授。

"吕教授，司徒介绍我来。"

"请坐请坐。"

"我已经把个案在电话里讲过一次。"

"嗯，"吕教授说，"那是很特别的一个例子。"

"我的朋友说，她肯定不是做梦，她的确接触过两名事主。"

吕教授沉吟一下，且不去回答客人提出来的问题，他只是说："据美国统计，许多寡妇都见过她们配偶的灵魂，现象相当普遍。"

许仲智把身体趋近一点。"见到伴侣又是另外一回事。"

吕教授笑笑。"是，精诚所至，金石为开。"他停一停，"但是，也有人的确比较容易接收另一个世界的讯息。"

小许十分困惑。"可能吗？"

"我不会说全无可能。"

"可是也不能肯定。"

"有若干灵学专家十分肯定。"

"这好似不大科学。"

吕教授说："地球绕着太阳转是事实，可是当初公布这个理论的哥白尼却因此被当作巫师那样烧死。"

许仲智不出声。

"至少我们现在已经学会对一切现象存疑，然后求证，绝不固执。"

小许说："你讲得很对。"

吕教授笑。"当然，可能你的朋友只是名爱幻想的少女，将来有机会成为大作家。"

小许也笑。

吕教授相当年轻，虚怀若谷，举出几个人与灵魂沟通的例子，"资料由一位灵学专家转交给我"，与许仲智讨论起来。

一个下午在茶点中愉快度过。

小许最爱听的话是"别担心，即使是灵媒，在不工作的时候也可以过正常人的生活"。

小许比较放心。

"她也不见得可以接收所有信息，每一个型号的收音机只能接收某些波段。"

小许告辞。

"有空带她到我们这里来聊天。"

"好的。"

或许，周如心只是一个爱幻想的少女。

过两天，许仲智又去拜访一间中文出版社的主理人。

"真冒昧，刘先生，多谢你拨冗见我。"

"不客气，你把原稿带来了吗？"

"呃，还没有，仍在整理中。"

那位刘先生笑。"整理完毕交我们阅读吧。"

"出版费用是否昂贵？"

"成本由我们负责计算。"

"刘先生，实不相瞒，我有一个朋友喜爱写作，我想帮她把原稿印成册子，留作纪念。"

刘先生说："你的意思是自费印书。"

"对，对。"

他笑了。"许先生，敝出版社只印制发行有市场的书，请把原稿带来一看，假使有条件吸引读者，印刷费用全部由我们负责，并且支付版税予原著人。"

"啊，是这样的啊。"

"不错。"

"那我下星期再来，打扰了。"

"不送不送。"

如果是一本好书，出版社付作者酬劳，如果是一本坏书，给他们钱也不印，当然，怕弄坏招牌嘛。

什么叫好书？在商业社会中，你总不能把乏人问津的书叫好书吧。

许仲智帮如心整理原稿。

如心说："算了，仲智，你速速回到地产管理公司去赚取佣金吧，这份原稿，随它去。"

"写得那么辛苦，不交出去，多不值。"

如心悠然。"写的时候那么开心，已经是最佳酬劳。"

"人人像你那样想，天下太平。"

"唏，不是每个人像我那么幸运，得到那么多。"

如心心平气和。

"别赶我走，我知道几时回家。"

他把原稿一股脑儿影印一份交到出版社。

那位刘先生一看，吓一跳。"哗，相当厚，怕有二十万字，"又说，"不怕不怕，我们会尽快答复你。"

许仲智真不该有此问："多人应征吗？"

刘先生手指随便一指。

小许目光跟过去，不禁倒抽一口冷气。天，整个文件柜上一包一包均是投稿，怕有百多本未面世之佳作。

"要轮候多久？"

"我们会尽量做，三个月内必有答复。"

那也不算久等了。

"今日出版业蓬勃，大家都乐意发掘新作家，早些日子，名家都得捧着稿件沿门兜售。"

"是，是，是。"

许仲智退出去。

他到一间小小咖啡室坐下。

是该走了，这两个月来，他已耗尽仅有储蓄以及五年来积聚的事假与例假，再不走，无以为继。

所有可以做的都已做妥，现在，要看周如心的反应了。

不过，即使没有结果，他也不后悔，正是如心所说，过程那么愉快，已经足够报酬。

他顺道到航空公司取出了飞机票。

如心做了一锅肉酱意粉等他。

"来试试味道，看做得好不好。"

小许不假思索。"肯定是我吃过最好的肉酱意粉。"

如心讶异。"为何如此武断？"

小许坐下来即说："一定如此，事到如今，如何还能客观？"

如心见他激动得双眼红红，便顾左右而言他。

"如心，我后天回去。"

如心一时不知怎么说才好。

"在那边我有五年工作基础，我不想重新从第一步开始，我有我的亲人与交际网，他们都在等我。"

理智是应该的。

动辄放弃一切，将来那庞大的牺牲必定带给对方无限压力。

如心说："我最迟在年底也会过去看看妹妹。"她最多只能做出这样的应允。

"我帮你办入学手续。"

"最要紧是找个地方住，离妹妹最近，可是又得有个距离，你明白吗？"

"我一向最了解顾客的需要。"

如心微笑。

他了解她已经足够。

那肉酱意粉并不如想象中好吃，两个人胃口都不好，只吃一点点。

离别情绪总是有的。

两个人都有所保留。

饭后两人谈了一些细节，很晚才休息。

第二天，小许一早出去替朋友买杂物。他手上有张颇为复杂的清单，像三十八号三宅一生的女装豹纹牛仔裤之类，不一定买得到，真得花时间去找。

晚上拎着大包小包回来，如心偏偏又出去了。

他把握时间收拾行李。

有人打电话来，用人去接，小许听见她说："胡先生？周小姐不在，出去一整天了，可能在父母处，是，她回来我告诉她，再见。"

小许微笑。

那胡先生终于找到她，将是他强劲对手。

这个都会拜金，周如心继承了两笔价值不少的资产，她的身份一定大大提升，对她有兴趣的男士想必比从前她做小店员的时期多。

他们也不一定是觊觎她的钱，但他们就是不高兴约会穷家女。

以后怎么样，就得看缘分了。

许仲智心安理得，把行李放在门口，站到露台看风景。

如心回来了。

看到小许，向他招手。

小许靠在栏杆上，觉得如心身形益发飘逸。她是注定不必与生活琐事打交道的一个人，谁同她在一起，大抵得有个心理准备，她恐怕不懂洗熨打扫。

他开了门等她。

如心向他报告："我去探访父母。"

"谈得还愉快吗？"

如心有点遗憾。"他们对我越来越客气，十分感激我对妹妹那么好，完全把我当外人。"

"这其实是十分理想的一种关系。"

"真的，你若不是真关心一个人，你就不会为他拼命。"

"不要说是动气，眉毛也不会抬一下。"

如心忽然不知说什么才好。

她希望他留下来，不为什么，就是因为可以在傍晚交换几句有关人情世故的意见。

他与她都是凡人，真有什么大事，他救不了她，她也无力背他，不过这还是太平盛世，她只想在忙碌一整天之后好好淋个浴，坐在沙发上，有一搭没一搭地与他闲话家常。

没有热恋就没有热恋好了。

但是如心终于说："明早送你到飞机场去。"

"是。"他无异议。

那一个晚上，如心隐约像是听到海浪沙沙地卷上浅滩。

还有，轻轻的音乐传入耳中，她又回到衣露申岛去了。

"如心，下来，如心，下来。"

如心不得不承认。"我全然不会跳舞。"

"怎么不早说，"他们取笑她，"我们好教你呀。"

她想看清楚那堆年轻人中有无苗红与黎子中，可是没有用，她的双目老是睁不开，耀眼金光叫她揉着眼睛。

"如心，你还在等什么？"

如心笑了。"先教我跳探戈。"

"一定，包你一曲学会。"

慢着，那是什么声音？

下雨了，雨打在树叶上，滴滴答答，众人一哄而散，去找避雨的地方。

连如心的脸上都感觉到凉意，不，这些都不是梦，如心开始了解到，她的精神的确可以去到多年前的衣露申岛。"子中，苗红——"她寻找他们，可幸她所见到的，都是较愉快的场面。

雨越下越大，雷声隆隆，如心终于睁开双眼，看清楚了。

糟了，露台门没有关上，雨一定洒进来。

她立刻起身去关窗。

都立秋了，还下这么大的雨。

反正醒了，如心拨电话给妹妹。

妹妹有点讶异，随即问："许大哥在你处？"

"他明日回来。"

"你跟他一起回来？"

如心清清喉咙："不，他归他，我归我。"

妹妹甚觉惋惜。"同许大哥一起回来吧，他是好人。"

如心唏嘘。"也许我没有福气。"

妹妹意外。"命运掌握在自己手中。"

如心摇摇头。"将来你会明白——"

"姐姐你说话怎么似老前辈，你才比我大三岁。"

如心不语。

"过来与我们一起入学吧。"

"我已经超龄了。"

"再蹉跎下去，更加超龄。"

"我——"

"周如心，过来呀，还在等什么？"

如心愣住，这话好熟，在何处听过？

周如心，快来玩，快来玩，我们教你。

"姐姐，过来嘛。"

周如心，我们教你跳舞，你还在等什么？

"姑婆已经去世，爸妈又不需要你照顾，你可以做回你自己了。"

真的，周如心也可以出来玩？

"你服侍姑婆那么多年，爸妈常说后悔当年让你跟着老
人家学得暮气沉沉，现在你的责任已经完毕，你已自由。"

"什么？"如心摸不着头脑，"不是姑婆照顾我吗？"

妹妹笑。"你又不是三岁孩子，何劳人照顾，明明是你
朝朝暮暮与姑婆做伴，陪她消遣寂寞时光，只有你心静才
做得到，所以你应该继承她全部遗产。"

如心到这时候才知道她也曾有付出。

"过来吧，姐姐，以后再蹉跎，就是你的错了。"

就这样过去？

"我搬到书房，你来住主卧室，不爱考试，大可游学，
来来来，快点来。"

"我还没买飞机票。"

"这还算借口？总有一家航空公司有头等票尚未售完，
打一个电话到旅行社即可。"

"我试试吧。"

"不要试，要着实去做。"

"妹妹你怎么处处逼人。"

"唉，你不争取谁帮你，必然输定。"

如心莞尔，妹妹是应该这么想。

"不说了，有车子来接我。"

妹妹挂上电话，约会去了。

如心独自坐在客厅里，忽然有意外喜悦。

第二天到了时候，她叫醒许仲智。

小许揉揉双目。"啊，该走了。"

"可不是。"如心微笑。

"千里搭长棚，无不散之筵席。"

如心大为意外。"你自何处学得这两句话？"

"一位老华侨教我的。"

"来，我们去飞机场。"

计程车在门外等。

许仲智说："你不必送了，我自己去即可。"

如心笑。"真的？可别假客气。"

"你叫了计程车，可见不是真心想送我。"

"这会儿你多什么心。"

"你想送我？"

如心拉开计程车门。"上车吧，真不想我去，我也不与你争。"

许仲智颔首。"你也不用跑这一趟了。"

"再见。"

许仲智朝她摆手。

他一个人伴着行李到了飞机场，买了一份报纸，呆呆地在候机室翻阅。

此行一无所得吗？又不是，大有收获？又说不上来。

人累了，思想不能集中，干脆休息。

上了机舱，他闭上双目，听着耳机中音乐，打算睡一觉。

飞机稳健地飞上空中。

有人俯首低声对他说："借过。"

他应："是，是。"

张开眼，看到一张秀丽白皙的面孔。

这不是周如心吗?

小许悲哀地想，糟了，真在恋爱了。眼睛看出去，所有的星都是花朵，所有的女性都是周如心。

他问:"小姐，你需要帮忙? "

对方奇怪地问:"你叫我小姐? "

许仲智发愣。"你真是周如心? "

"我当然是周如心。"

"你怎么会在飞机上? "

"因为我买了飞机票。"

"我怎么不知道? "

"想给你一个惊喜呀。"

"我不要这种惊喜! "

不知怎的，许仲智抽噎起来。

周围的乘客却鼓起掌来，他们都听见了。

服务生递过两杯香槟。

许仲智觉得自己实在需要这杯酒，一饮而尽，破涕为笑。

真没想到如心肯花那样的心思来讨他欢喜。

周如心并没有升学。

她在华人集中的商场找到一个铺位，开了一家古玩修理店，仍叫缘缘斋，英文叫衣露申。

居然有熟客路过笑道："啊，搬到温哥华了。"

可不是都来了。

如心的工作量不轻不重，还真有得做的。

"在外国出生的孙儿又同外国孩子一样顽皮，全部古董缸瓦都摔破为止。"

"寄运时还是遭损伤，虽有保险，还是心痛。"

"来时走得匆忙，没时间修补，周小姐也移民过来了最好。"

如心不是没事做的。

最大的意外之喜是，聘请店员的字条一粘出，即时有人应征，且多数是不列颠哥伦比亚大学学生。

如心选中一个红发绿眼的美术系毕业生史蒇夫。

大妹一见，呆一会儿。"什么，是男生呀？"

如心笑。"缘缘斋没有种族性别歧视。"

二妹颔首。"姐姐做得对，阴盛阳衰，不是办法，现在多个男生担担抬抬，比较方便。"

史蒗夫好学，像一块大海绵，吸收知识，又愿意学习粤语与普通话，如心庆幸找到了人。

这时，有客人想出售藏品。"家父去世，留下几件器皿，能不能请你鉴定一下。"

如心连忙推辞。"你拿到苏富比去吧。"

"几件民间小摆设，大拍卖行才不屑抽这个佣，我打算搁贵店寄卖，四六分账。"

如心还来不及回答，只听得史蒗夫在身后说："你四我六？"

如心吓一跳，还没来得及阻止，那客人已经大声答好，欣然而去。

如心吓一跳，这，缘缘斋可不就成了黑店吗？

史蒗夫好像知道她在想些什么，笑道："放心，人家还三七拆账呢。"

"那么厉害？"如心不置信。

史蒗夫却甚有生意头脑。"我们需要负担铺租灯油、火蜡、伙计、人工，不算刻薄了。"

如心笑。"你是我所认识唯一一会计算成本的艺术家。"

"我不想挨饿。"

"你不会的。"

"周小姐，你揶揄我？"

"唉！我称赞你才真。"

半年下来，不过不失，没有盈余，亦无亏蚀，打和。

大妹怀疑。"姐，你有无支薪？"

"有。"

"支多少？"

"同史蔑夫一样，支一千二。"

"史蔑夫有佣金，你有什么？"

"这——"如心摸着额角赔笑。

"一千二，吃西北风！"

二妹也接着说："叫许大哥来核算，这样下去不是办法。"

可是许仲智摇头兼摆手。

"我才不管这盘闲账，能做到收支平衡已经够好，周如心自有主张，我不好干涉。"

如心就是欣赏许仲智这一点。

两个妹妹哗然。"将来我们也要找这样宠女友的男朋友。"

许仲智同如心说："记得衣露申岛住客王先生吗？"

如心答："当然。"

"他想见你。"

"在岛上见面？"

"是，原来这半年他一直在岛上居住。"

"噫，我还以为他是个大忙人，衣露申岛只做度假用。"

"本来是那样想，不知怎的，一住便舍不得离开。"

如心讶异。"那么，他庞大的生意帝国又怎么办？"

"据说已陆续发给子孙及亲信打理。"

"啊，有这样的事，我愿意见他，一起喝下午茶吧。"

"我帮你去约。"

片刻回来，小许说："他明日下午有空，你呢？"

"我没有问题。"

第二天，来接他们的仍是罗滋格斯与费南达斯。

一见如心，热情地问好。

见他们精神状况良好，如心知道王先生待他们不错。

船到了，王先生已在码头附近等。

如心一下船便说："王先生，怎么敢当。"

王老先生呵呵笑："周小姐我好不想念你。"

他与她一起走进屋内，如心一看，四周陈设如旧，好不安慰。

"王先生你一直一个人住这里？"

"不，孙子们放暑假时才来过，我在泳池边置了个小小儿童游乐场，你不介意吧？"

"王先生你别客气。"

他为她斟茶。

"原本我添了个苏州厨师，他过不惯岛上生活，请辞，只得放他走。"

"吃用还惯吗？"

"还可以，我很随便。"

"越是大人物，越是随和。"

"周小姐你真会说话。"

如心连忙站起来欠欠身。"我是由衷的。"

"看得出来，周小姐的热诚是时下年轻人少有的。"

如心笑笑。"王先生叫我来，是有话同我说吧。"

这时，马古丽满面笑容过来递上点心。

王先生答道："没有什么特别的话，只不过趁有时间与周小姐叙叙。"

"那很好。"

但是如心注意到他其实的确有话要说，他拿起杯子，喝一口茶，停了下来。

如心耐心等他开口。

是这一点耐心感动了所有老人吧。

今日的年轻人总算学会尊重儿童，可是对老人仍像见到瘟疫。

如心自觉幸运，她所认识的老年人都智慧、讲理、容忍。

王先生终于开口了："周小姐，你住在这岛上的时候，可有发觉什么异象？"

如心不动声色。"异象？没有呀。"

王先生笑笑。"也许迹象并不显著，你给疏忽掉了。"

如心小心翼翼。"王先生你举个例子。"

"好的，譬如说，周小姐，你可有听到音乐？"

如心笑一笑，一本正经地答："开了收音机，当然听得
到音乐。"

"不，"王先生放下茶杯站起来，他走到露台，看着蔚
蓝色大海，"不是收音机里的音乐。"

如心一凛，不出声。

"下午、黄昏、深夜，我耳畔时时听到乐声，我心底知
道，那并非出自我的想象。"

明人跟前不打暗话，如心脱口而出："可是听到一首叫
《天堂里陌生人》的歌？"

王先生转过头来，十分诧异。"《天堂里陌生人》？不，
不，不，我听到的是苏州弹词琵琶声。"

什么！

"周小姐，你没有听过弹词吧？"

如心不得不承认："没有。"

王先生笑了。"也难怪你。"

"可是我知道它是一种地方戏曲，戏曲传诵的多数是民间故事，像庵堂认母，像杜十娘怒沉百宝箱。"

王先生鼓掌。"好得很，一点不错。"

如心温柔地说："王先生，你不可能在衣露申岛上听到苏州弹词。"

"我也是那么想，其实我对弹词并不熟悉，只在童年时与大人参加庙会时听过。"

如心问："什么叫庙会？"

"嗯，是乡下一种庆祝晚会，多数于节日选在祠堂或庙前空地举行，请来戏班表演，供村民欣赏。"

如心点头。"啊。"

"那种温馨的记忆迄今犹新，依偎在大人怀中，吃炒青豆、豆酥糖，耳畔是歌声乐声，虽然不十分懂，也觉得如泣如诉，抬起头，看到满天星星，远处有流萤飞舞，大人用扇子替我赶蚊子，很快，头便枕在母亲膝上熟睡……那真是人生最快乐无忧的一段日子啊，每当我遭受挫折心烦意乱之际，我便想，假如时光永远停留在孩提不要前进便好了。"

如心微笑，王氏也算是数一数二的富商了，几乎没有不可达成的愿望，只除了这项心愿。

由此可知，金钱并非万能。

"周小姐，没想到刹那间我便垂垂老矣，最近住在岛上，可能因为心静，耳畔老听到琵琶声。啊，我是多么怀念母亲。"

"她一定非常慈祥。"

"是，她爱穿雪青色裙子，梳髻，缠足，一张脸雪白……"

一定是半个世纪以前的事了。

王先生的声音低下去。

过一刻他的精神又来了。"我还在岛上见到不应该见的人呢。"

如心抬起头来，苗红！

"我见到我爱慕的小表姐。"

如心放下心来。

"周小姐，我那小表姐是民国初年第一批上学的女学生，我看见那时候的她，她在泳池边向我招手。"

周如心一直脸带微笑。

"周小姐，你可会解释这是何种现象？"

如心轻轻说："王先生，这个岛，原本叫作衣露申。"

"是，我知道。"

"一切都是我们的衣露申。"

王先生忽然说："不，生命本身就是衣露申。"

"在这个岛上，你想见什么人，你都可以见到。"

王先生叹口气。"我累了，这么多年在商场的征战使我虚脱，我想见母亲与小表姐，她们会不会接我同去？"

如心不动声色含笑按住王先生的手。"还早着呢。"

王先生也笑了。

这一谈，天色已经暗了。

"周小姐，希望你可以常来看我。"

"你若不怕我打扰，我每月可来一次。"

"那最好不过。"

"冬季将临，王先生会回台湾过年吧？"

"那是一定的事，家人不会放过我。"

他送如心到码头，身后跟着的仆人也向如心挥手道别。

如心上船去。

许仲智一直在舱内等她，他在看一本小说消遣。

如心问："是个好故事吗？"

"还不错。"

"说些什么？"

"一个人成天生活在幻想中，根本不愿回到现实世界来。"

如心点头。"我们都对现实不满，无论得到多少，我们都还有遗憾。"

"王先生有何话要说？"

"他难得有心静的时候，在岛上度假，回忆到幼时无忧无虑的时刻，向往甚深，乐而忘返，几乎沉湎。"

"他有无见到黎子中与苗红？"

"没有，他不认识他们，他想念的，自然也并非是这两个人。"

"对，"小许笑，"各人的幻觉不一样。"

如心温柔地问："等了我那么久，不闷吗？"

"我才接到一个好消息。"

如心意外。"是何佳讯？"

"出版社有通知来，你的原稿将予整理出版。"

"啊！"

"合同很快会寄到，请你签名授权。"

"这真算是好消息。"

"你若打算改写结局，让黎子中与苗红见到最后一面还来得及。"

如心却说："不不，我不想再改动情节。"

许仲智颔首，这是她的故事，由她做主。

他俩的故事，则由他们做主。

船离开码头，往前直驶。

图书在版编目（CIP）数据

　　红尘 /（加）亦舒著 . —长沙：湖南文艺出版社，2019.9
　　ISBN 978-7-5404-9245-8

　　Ⅰ . ①红… Ⅱ . ①亦… Ⅲ . ①长篇小说—加拿大—现代 Ⅳ . ① I711.45

　　中国版本图书馆 CIP 数据核字（2019）第 095698 号

上架建议：畅销·小说

HONGCHEN
红尘

作　　者：[加]亦舒
出 版 人：曾赛丰
责任编辑：薛　健　刘诗哲
监　　制：毛闽峰　李　娜
特约策划：李　颖　沈可成　雷清清　张若琳
特约编辑：孙　鹤
特约营销：吴　思　刘　珣　焦亚楠
封面设计：利　锐
版式设计：李　洁
出　　版：湖南文艺出版社
　　　　　（长沙市雨花区东二环一段 508 号　邮编：410014）
网　　址：www.hnwy.net
印　　刷：北京中科印刷有限公司
经　　销：新华书店
开　　本：775mm × 1120mm　1/32
字　　数：122 千字
印　　张：9
版　　次：2019 年 9 月第 1 版
印　　次：2019 年 9 月第 1 次印刷
书　　号：ISBN 978-7-5404-9245-8
定　　价：49.80 元

若有质量问题，请致电质量监督电话：010-59096394
团购电话：010-59320018